文春文庫

読書間奏文

藤崎彩織

文藝春秋

contents

読書間奏文

本について——まえがきに代えて

小学校の頃、休み時間になるといつも図書室へと向かった。

授業の終わりを告げるチャイムが鳴ると、クラスで一番声の大きい生徒たちがボールを持って校庭へ駆け出していく。

教室にはランドセルからポケモンカードを出して机に並べる男子たちや、手帳を開いてシールを見せ合う女子たち。

輪になって集まっている彼らの横を抜けて、私は廊下を、階段を、トイレの前を通り過ぎていく。

早足で歩くと、まわりの生徒からは孤高の文学少女のように見える気がする。あの子って、いつも本を読んでるよね。そんな噂話を想像しながら、赤い線の入った上履きのつま先に力を入れて、息を止めて歩く。

図書室には、ほとんどの場合誰もいなかった。がらがらと音を立てて引き戸を開けると、中はしんとしていて、古い木の匂いがする。壁には色とりどりの画用紙。陽に焼けたピンク色には、『モモ』の紹介文が書かれていた。

窓の外には住宅地が見えた。昼間の住宅街は、誰も住んでいないように見えて心細い。

私は本棚から一冊取り出して、端っこの椅子に座る。背表紙が硬くて大きめの本。難しそうな内容でも、全く挿絵のない本でも構わない。

本を両手で持って、一ページ目ではなく真ん中あたりをがばっと開いてみる。ストーリーは何でもいい。夏休みに死体を見に行く話でも悪魔と仲良くなる話でもいい。私は儀式のようにゆっくりと呼吸をしながら、本の中に隠れるように首を埋めていく。

そこがいつも我慢の限界だった。

私は図書室で泣いていた。私にとって本は、泣いている姿を隠す壁だった。図書室にいるのは、友だちが出来なくて一人ぼっちでいるのが惨めだからだ。誰にも相手にされない自分が恥ずかしくて、見られたくないからだ。

私は学校で上手くやれない子供だった。休み時間に校庭へ誘ってくれる友だちもいなかったし、シール帳を見せ合う輪にも入れなかった。でもそんな私のことを本はすっぽりと隠してくれた。

古い紙の匂いには、誰かに抱きしめられているような安心感がある。私は本の中でわあっと嗚咽《おえつ》するように泣いたり、ぐずぐずと甘えるように泣いたりした。そうしているうちに、いつも少しずつ深く息が吸えるようになっていく。

体育のチーム決めで一人あぶれてしまった日も、掃除の時間に自分の机だけ誰も運んでくれなかった日も、溺れそうになっていた呼吸を図書室で取り戻す。

私は大丈夫。

そう唱えながらひとしきり泣いた後、私は文学少女の顔をしてまた教室に戻っていくのだ。

「一人でいるのなんて、どうってことないよ。だって私には本があるもの」

そんな顔をして。


ただの壁だった本のページをぽつぽつとめくり始めたのは、自分を守るために演じていた文学少女に本当になれたら良いと思ったからだ。

いじめられたくないから愛想笑いをするなんて下らないよと言って、一人で本を読んでいる女の子。誰かの意見に左右されず、自分の大切なものを大切に出来る強い女の子に。

演じていたはずのはりぼての文学少女が気付かせてくれたのだ。

「あなたにはこんなに素敵な本があるじゃない」と。

本をめくるページは日に日に増えていった。

恋人と別れた時には泣きながらページをめくった。自分のピースが幾つか足りないような気分になっても、失った温かさが恋しくて涙が止まらなくなっても、本はゆっくりと考えるだけの時間をくれた。

友だちとうまくいかなくても、どうしたらいいのか本が教えてくれた。「あんなやつ、もう口もききたくない」と思っても、「絶対に自分は間違っていない」と思っても、本を読むと波が引いたように落ちついた気分になって、自分の言葉を探すことが出来た。

眠れない夜にも本を読んだ。本の中にも、眠れない人はたくさんいた。わくわくして眠れない人。神経質で眠れない人。同室に住むシェアメイトの寝言がうるさくて眠れない人。

どんな理由でも、眠れない人の話は好きだった。眠れないのは自分だけじゃ無いと思うと、いつの間にかうとうとと眠気がやってくるのだった。

泣いていた時も、悩んでいた時も、眠れなかった時にも、本はいつもそばにいてくれた。

だからこの本を手にとってくれた人にも、本が寄り添ってくれたらいいと願う。

私の人生を本が守ってくれたように。

犬の散歩

貧乏の味を知っている。

デビューする前、SEKAI NO OWARIはとても貧乏だった。

どのくらい貧乏だったかと言うと、ペットボトルの水を買っている友だちのことを僻《ひが》んで

「あいつは親の金で生活しているに違いない」

と、陰口を叩いてしまうほどの貧乏だった。

ミュージシャンになるには、お金がかかる。楽器代、スタジオ代等々。特に、ライブに出演するための料金にはどんなミュージシャンも悩まされたことがあるのではないだろうか。

それに加えて、私たちは、ライブハウスを自分たちで作っていた。ステージを作るための木材や柵を作るための鉄パイプの費用、照明器具や音響にかかる設備代など、全て合わせると、数百万円の借金になった。

まだ二十歳になったばかりなのに、私は大学に通いながら地道なアルバイトで何とか

毎月のローンを払い続ける生活を強いられた。学生にピアノを教えるアルバイトから、しゃぶしゃぶ屋の仲居さん、居酒屋のキッチンスタッフ、果ては薬の治験まで。お金がもらえればどんなアルバイトでもよかった。ローンに追い立てられるように、私は貧乏時代を走り抜けた。

いくつもアルバイトを掛け持つと、自ずとお金に対する価値観が出来てきた。例えば、成人式の飲み会の会費が三千円だと聞いた時。友だちには会いたかったが、三千円は私の時給三時間分だった。飲み会に三千円を払ってしまうと、ローンを払うためには三時間アルバイトを増やさなくてはいけなくなる。アルバイトの時間を増やすと、今度はバンドの練習をする時間が無くなってしまう。身を削るようにしてアルバイトをしているのは、バンドの為であって、友だちとお酒を飲む為ではない。私は泣く泣く友だちに会いに行くのをやめて、成人式の日もアルバイト先へと向かった。

バンドとアルバイト、それに大学生活も重なり、不規則な生活が続いたせいで、肌が荒れてしまった時もそうだ。

母は私の頬に出来てしまった幾つものニキビを見るなり
「病院へ行きなさい！」

と悲鳴をあげた。私だって、自分の頬に出来ているニキビが、皮膚科に行かなくてはいけない位酷《ひど》いことは分かっていた。

けれど、そんなお金はない。

「お金が無いから……」

間接的に金銭を無心するような私の声を聞いて、母はため息をつきながら鞄から財布を取り出した。そしてそこから五千円札を一枚抜いて
「これでちゃんと皮膚科に行くのよ」

と手渡してくれた。

私は久しぶりに見る五千円札に、手が震えた。

これでステージ用の木材が買える!

とっさに、そんなイメージが頭に浮かんでしまった。

母がせっかく娘の顔の為に出してくれた五千円なのだから、木材などに使うべきではない。それに病院に行かずに、ニキビが治らないままでいれば、そのうち母だって気づくはずだ。

それなのに、私の頭の中からステージのイメージが消えることはなかった。

ステージに上がってメンバーが演奏している姿。お客さんがこちらに向かって手を上げている未来……。

五千円の匂いは、そんな映像を浮かび上がらせた。

私は結局、その足でホームセンターへ向かった。そして、五千円を木材に換えてしまったのだった。

貧乏であるというのは、常に取捨選択を迫られるということだ。

友だちか音楽か。現在か未来か。

私は友だちとの酒の誘いを捨て、バンドの時間を取った。

ニキビを治すことを諦め、ライブハウスを作った。

何かを捨てることは、同時に何が大切なのかをはっきりとさせることだった。それは、大切なものを、大切にすることが出来るということだった。

「大学の頃、同じサークルに毎日毎日、牛丼ばかり食べてる先輩がいたんです。彼は本当に牛丼が大好きだったから、なにもかも、世界のすべてを牛丼に置きかえて考えるのがつねでした。当時は牛丼が一杯四百円くらいだったかな。たとえば映画の料金が千六百円って、高いのか安いのか私にはよくわからなかったけど、その先輩にとってはものすごくはっきりしていたんです。千六百円あれば牛丼を四杯食べられる、だからそれは高い、って。よっぽどおもしろい映画でなきゃ牛丼四杯分の価値はない、って。みんなで買物に行って、Tシャツ一枚買おうか迷ったときにも、彼の基準となるのはやっぱり牛丼でした。三千円のTシャツを買うお金があったら、牛丼が七杯食べられる。七杯分の牛丼を犠牲にするだけの価値がそのTシャツにあるのかどうかって、いつもものすごく真剣に、牛丼を通して彼は世界を捉えていたんです」

（森絵都「犬の散歩」より）

私にとっての「牛丼」は、間違いなく仲間たちと作ったライブハウスだった。「ライブハウス」という基準が出来たことで、様々な迷いから解放された。友だち、飲み会、サークル、恋人、旅行、エステ、お洒落……いくつもの誘惑を断ることに、躊躇《ちゅうちょ》がなくなっていく。

三千円あれば、五千円あれば。

その先に続く言葉は、常にライブハウス作りへと繋がっていった。それはとても充実した日々だった。いっときたりとも無駄な時間がなくなり、私の生活はライブハウスを軸として回っていったのだった。

揺るぐことはないだろうと思っていたその軸がぶれたのは、皮肉にもデビューがきっかけだ。

バンドが軌道に乗るようになると、次第にお金が入ってくるようになったのだ。

終電を逃せばタクシーに乗れるし、年下のスタッフにご飯をご馳走することだって出来る。

大富豪になった訳では無いが、不摂生のせいで肌が荒れて皮膚科に行っても、楽器代を払えなくなるということはない。

取捨選択をする必要がなくなったのだ。

今までどちらかしか取れなかったものを、どちらも取れるようになった。

けれどどこかで、私の心にあった「牛丼」は無くなってしまったのだった。

三千円の価値は？

五千円の価値は？

三千円あれば、五千円あれば出来ること、という価値基準は、輝きを失ってしまった。

今五千円を貰っても、ステージが作れるとは思わないだろう。今五千円札の質感を手にしても、ステージの上でメンバーが演奏しているところが浮かんできたりはしないだろう。

私は自分の財布を覗いて、今の自分の基準を探した。でもそれは、なかなか思いつかないのだった。

そんな時に、インターネットを見ているとふと飛び込んできた広告に、私の目は釘付けになった。

チャイルド・ファンド・ジャパン。

黒目の大きな女の子と目があった。こちらに向かって、可愛らしく微笑んでいる。彼女の隣には大きく

「あなたが開く子供の未来」

と書いてあった。インターネットを通して、恵まれない子供たちに経済的な援助ができるシステムらしい。私はあまりのタイミングの良さに運命的なものを感じて、サイトをクリックした。

調べてみると、どうやら、月々四千円で「里親」になれるという。

サイトを見ながら何故か胸がどきどきと高鳴って

「これだ」

と自分に正解を告げているような気がした。

私は早速チャイルド・ファンド・ジャパンに登録してみることにした。月々二人の支援をしたいことを連絡すると

「ネパールの大地震に遭って、学校に通うことの出来ない子供たちの支援はどうでしょうか」

との返答。

ネパールのことは何も知らなかったが、調べてみるととても大きな地震に遭って、多くの子供たちが日常の生活を送れていないことが分かった。

何故だかこの縁が、自分の人生にとても重要な役割をするような気がしてならなかった。

支援活動には、常に賛否がつきまとってしまう。でも、私にはこの縁を無下にする理由が見つからなかった。無下にする理由がないからやってみる。理由はそれで充分に思えた。

私はすぐに八千円を支払って、ネパールの二人の子供の「里親」になった。すると急に、自分の中にすっと軸が通るような気がしたのだ。

八千円あれば、二人の子供たちを学校に行かせることが出来る。

八千円あれば、二人の子供たちの「里親」になれる。

八千円あれば。

八千円は、次第に私の価値の基準となっていった。

「それまでぐらぐらしていた毎日が、なんだか急に、なんていうか、信頼に足るものに思えてきたんです。世界を……っていうか、自分を、少しだけ信じられるようになった

って いうか」

（「犬の散歩」より）

「里親」になった半年後、ネパールの子供たちから花の絵が描かれた手紙が届いた。更に一年後、子供たちから好きな先生の名前が書かれた手紙が届いた。

手紙が増えるにつれて、次第に成長していく彼らの姿を、大人になるまで見届けたいと思うようになった。

それは、心の中の「牛丼」が、いつも幸せの味を教えてくれるからなのだ。

皮膚と心

女というものから、逃げていた時期がある。

二十歳になった頃から、若い女は美しくなくてはいけないと、誰もが口に出さずとも思っているように感じていた。

雑誌を読んでも、テレビをつけても、若い女性は美しさを求めることが正義であることのように扱われている。

誰かに直接
「お前は若いのにブスだな」

と言われた訳ではない。でも、勉強ができても、ピアノが弾けても、太刀打ちできないほど、美は強靭な力を持っていた。

そういう圧力のせいなのか、元々の性格だったのかは分からないが、大人になった時には、女にまつわる全てのものが苦手になっていた。

髪にパーマをかけていたり、指先にネイルを施していたり、長いまつ毛や黒々としたアイラインを堂々と自分の顔の一部にしている女性を見ると、美しくなることへの努力をしていない自分が責められているような気分になった。

けれどどうしても、自分が蝶のようなつけまつげを装着して、羽ばたくように瞬きをしながら微笑んでいるイメージが出来なかった。

彼女たちと同じように、二十歳の女というだけで美しくなることを期待されると、私は穴のあいたジーパンと汚れたスニーカーをはいて、そこから走って逃げていきたくなるのだった。

私は美しくなんてなりたくないんです。

そんな宣言をして、私は白旗を掲げて降参したかった。けれど女というだけで、世間は当たり前のように生活に侵入し
「女性は美しくなくては！」

と、鞭を持った教官のように理念を強いてくる。

私が下を向いて弱音を吐いても、教官はぴしゃりと鞭で打ち
「何言ってるの、若い女の子なんだから！」

と上から見おろすのだ。

そんな恐ろしい教官が鍛え上げた軍隊に私が紛れこんだとしても、一人ボコボコに打ちのめされて、無残に倒れてしまうだろう。

若いというだけで戦争に駆り出された虚弱な少年のように、私は女という戦場の中で、

出来るだけ戦わなくてすむような居場所を探していた。

私を責め立てる恐ろしい教官も、ルージュを引いた美しい女もいない場所。

それは偶然、幼馴染が誘ってくれたバンドだった。

バンドを始めてしばらくは、女でいることよりも、女でなくなることの方を求められた。

女でなくなる、とは、美しくなることに対して労力を使わない、ということだ。とにかく時間とお金がかかるバンド活動では、バンド以外のことにそれらを使うことを不徳とした。

「見た目に時間とお金をかけている余裕なんてない」

「そんなことは後からどうにでもなる」

「今は音楽を作ることだけを考えよう」

デビューを目指すメンバーたちに混じって、私は呪文のようにそう唱え続けていた。男ばかりの環境の中で、女一人でもなんの違和感も感じなかったのは、私が女というものからずっと逃げ出したかったからだと思う。

バンドは次第に、私にとって居心地の良い世界となった。

半年は切っていない髪を後ろで結び、たらりと目の前にたれるまとまりのない前髪を払いのけて、ピアノと録音機材に向かう。

メンバーたちのひたむきに音楽に打ち込む姿は素敵だった。音楽に夢中になるということが、バンドをやっていると何よりも美しく見えた。他の誰の目も気にすることなく、ただ音楽に打ち込む。

風呂に入っていなくても、一週間同じ服を着ていても、音楽を作っていればそんなことは本当にどうでもいいことのように思えた。

私も彼らと同じように風呂に入らず、同じ服を着続ける。だぼだぼのジーパンと、着古したTシャツ。それが数枚あれば充分だった。

そんな生活が数年間続くと、遂に努力が実る日がやってきた。

私のバンドSEKAI NO OWARIは音楽事務所の目に止まり、デビューをすることになったのだ。

デビューが決まると、喜びもつかの間、私たちは知らない世界に一気に飛び込むことになった。

初めての撮影、初めてのPV、初めてのテレビ……。

でも人前に出ることになった時、今まで寝食を共にしてきたメンバーたちと私の間には、スタッフたちによってはっきりとラインが引かれるのだった。

撮影の為にスタイリストさんが持ってきた洋服は、これまで穿《は》いたことのないような女の子らしいスカートだった。

「紅一点なんでね、可愛いのにしました」

「えっ……」

試着室から手を伸ばした私は、思わず手を引っ込めそうになった。戸惑いながら、スタイリストさんの笑顔に追い立てられるように、そのスカートを受け取る。

これを私が……?

カーテンのむこうで雑談をしているメンバーたちの声が聞こえる中で、レースがあしらわれた生地におどおどしながら、勇気を出してスカートの穴の中に飛び込んだ。

一気に腰まであげて、ウェストの所で小さなボタンを留める。

普段出すことのない足が空気に触れた。裸になっているような気分だ。

私はおそるおそる鏡に目をやった。

そこには可愛らしいスカートを穿いた、引きつった顔の私がうつっている。だめだ、全然似合ってない。私は顔を背けた。

こんなの着ない方がいい。こんなの見せたくない。こんなのだめだ。自分の姿は惨めで、恥ずかしくて泣いてしまいそうだった。

おずおずと下を向いて試着室から出てきた私に、スタイリストさんやメンバーたちは予想通り困惑した表情を浮かべた。

「に、似合うよ」

「かわいいよ」

今にもスカートを脱ぎ出しそうな私に、彼らは慌てて言葉を並べた。その様子にいてもたってもいられず、私は何も言わずに試着室に戻った。

試着室のカーテン越しにスタッフたちがなだめる声を聞いていた時の私は、太宰治の『きりぎりす』という短編集に出てくる「皮膚と心」の主人公と同じだ。彼女には優しい言葉ですら悲しく響いてしまうのだ。

彼女が旦那さんに容姿のことを褒められた時のことを、作者はこんな風に書いている。

「あの人にも、また、私の自信のなさが、よくおわかりの様で、ときどき、やぶから棒に、私の顔、また、着物の柄など、とても不器用にほめることがあって、私には、あの人のいたわりがわかっているので、ちっとも嬉しいことはなく、胸が、一ぱいになって、せつなく、泣きたくなります」

（太宰治「皮膚と心」より）

私は試着室の締め切ったカーテンの中で、自分の穿いてきたジーパンに足を通した。ジーパンは素足に優しく寄り添い、ようやく服を着たような心地がする。

やっぱりこれが自分だ。安心した。あんなのは自分じゃないんだと、記憶からスカートを穿いていた姿を消そうとした。

でも、スカートを穿いた自分の姿が、シャッターを切ったように焼き付いて離れていかなかった。

私は女を捨てたつもりでいたのに、どうしてこんなにもスカートが似合わないことが恥ずかしいのだろう。

「こんなの似合わないに決まってるよ！」

と簡単に言ってのけることも出来ない。

この気持ちはなんだろう。もやもやと身体に残る気持ち悪さの中で、一つの思いが浮かび上がってきた。

まさか私の心のどこかに、捨てきれていない女の部分があるのだろうか？

そんな訳はない、認めたくない、と思う気持ちとは裏腹に、漂っていた気持ちはすっと落ち着いていく。

私は女を捨てたと思いながら、心のどこかに可愛いスカートが似合う女でいたいと思う気持ちを留めていたのだ。

だから、似合わない自分が恥ずかしい。いや、そんなはずはないと頭で否定しながらも、先ほどのスカートを穿いた地に足のつかない気分が忘れられなかった。

「可愛い」という言葉は届かないのに、そう言って貰えなければ、立ってられない程恥ずかしいと思ってしまったあの気分。

顔が赤くなった。さっきよりも更に恥ずかしい思いが身体中を駆け巡る。自分が可愛くありたいと思っていたなんて！

私は女の顔をしているかもしれない自分の表情が見えないように、また下を向いた。

私は女なのだ。

「私は、間違っていたのでございます。私は、これでも自身の知覚のデリケエトを、なんだか高尚のことに思って、それを頭のよさと思いちがいして、こっそり自身をいたわっていたところ、なかったか。私は、結局は、おろかな、頭のわるい女ですのね」

（「皮膚と心」より）

女の世界は目をそらしてしまいたい程、残酷だ。日々地道に歩き続けたところで、遥か先を姿勢よく行進している隊員には一生追い付けないかもしれない。

でも、追いつけなくたって良いのだ。

そんな風に思えたのは、試着室で口を閉ざしたあの日から、女である自分を認め始めたからかもしれない。

自分が女だと知った私は、三十代になってようやく、おそるおそるピンク色のチークで頰を染めた軍隊に入隊を試みている。だから

「もっと頑張りなさい！」

と教官に鞭打たれながら懸命にルージュをひく私のことを、どうか応援してほしい。

もし僕らのことばがウィスキーであったなら

ウイスキーが好きだ。

と言うと、驚かれることが多い。

ウイスキーは、おじさんと呼ばれる男たちが飲むお酒だと思っている人が多いからだ。私の二十代、三十代の友だちにも、ウイスキー好きは多くない。いたとしても、そのほとんどは男性だ。でも、私はウイスキーを男たちだけの楽しみにしておくことを、とてももどかしく思う。

私がウイスキーに興味を持ったのは、二十六歳を過ぎた頃。ホールツアーをしている時に読んでいた村上春樹さんの『１Ｑ８４』の中に、カティサークというウイスキーが出てきた時だ。

本の中で、頭の形が綺麗な禿げた男が、バーでウイスキーを注文するシーンがある。男は、ふと思いついたようにカティサークはあるだろうかと尋ね、それをハイボールで飲んでいた。するとカウンターの二つ離れた席に座っている青豆という女性に「カティサークがお好きなの？」と聞かれるのだった。

男はびっくりしながら、こう答える。

「昔からラベルが気に入っていて、よく飲みました。帆船の絵が描いてあるから」

「船が好きなのね」

「そうです。帆船が好きなんです」

私は、この一連のやり取りが好きだった。飲んでいるウイスキーを好きな理由として、味や香りの知識をひけらかす訳でも、ロマンを語る訳でもなく、ただ、帆船の絵が描いてあるから、と。

本を閉じて、目を閉じて、想像した。帆船ってどんなやつだったかな。ロマンチックな気分で口角を上げているのに、頭の中には、中途半端な形の船がぷかぷかと浮かんでいるだけだった。

私は仕方がなく目を開けた。同時にインターネットを開いた。カティサーク。検索すると、透明の緑色の瓶にからし色のラベルが貼ってあるボトルが、いくつも現れた。そして中央には、柔軟剤のＣＭの洗濯物のようにたくさんの帆を張った船の絵が描かれていた。帆船だ。

「帆船が好きなんです」

その台詞通りの、素敵なラベルだった。

ラベルだけでなく、実際のカティサークのボトルも探した。ツアー中だった私は、島

根や岡山の現地の小さな酒屋にいき

「カティサークというウイスキーはありますか？」

と聞いてまわったのだ。

しかし、地方の酒屋ではカティサークを見つけることは出来なかった。

そして東京に帰ってきてからは、忙しいまま、そのウイスキーのことをすっかり忘れていた。

ある朝、一緒に曲作りをする約束をしていたなかじんが言った。

「ずっと探してたからさ、船のウイスキー」

彼は緑色の瓶、つまりカティサークを手にしていた。私は驚き感激し、彼に感謝の気持ちをたくさん述べ、その夜にべっこう色のウイスキーを早速グラスに注ぐことにした。ウイスキー用のグラスなどないので、いつも麦茶を飲んでいる小さめの縦長のものを選んだ。

飲み方はロック。『1Q84』に出てくる頭の禿げた男のように、ウイスキーを炭酸で割ったハイボールではなく、いきなりオンザロックを選んだのは、その方が本来の味が分かるんじゃないかと、初めてなりに考えたからだった。

美味しくないという訳ではないかもしれない。

アルコール度数が四十度を超えるお酒を、私は記憶にある限り、この時に初めて飲んだ。衝撃だった。私は心の中で、こんなものを、何杯も飲める訳がないと思いながら「へえ、こんな味なんだ」という顔をして、それらしく頷いたりもした。それはきっと、洋服屋さんで値札を見た時に思ったより高かった時の顔と、同じ種類の顔だ。ああ、こんな値段なんだ、そう、まあ買えないこともないんだけど。ともかく、初めてのウイスキーは、正直に言うと不味かった。なかじん、ごめんなさい。

二回目のウイスキーを飲んだのは、カティサークから半年程後のことだ。『もし僕らのことばがウィスキーであったなら』という、村上春樹さんのエッセイを、本屋さんで手に取った。疲れていて、なかなか長編を読む気になれなかった私は、無意識に薄い本を選んでいたのかもしれない。

ページをめくると、数枚の写真が目に飛び込んできた。羊が群れになっているもの、のどかな町並み。それは何だか今の自分に必要な気がして、レジに並んだのだった。村上さんによる、ウイスキーを巡る旅行記。それが『もし僕らのことばがウィスキーであったなら』だ。

村上さんが本編の中で旅行をしているアイラ島には、七つの蒸溜所があるという。アードベッグ、ラガヴリン、ラフロイグ、カリラ、ボウモア、ブルイックラディー、ブナハーブンの七つだ。

この土地で造られているウイスキーは、村上さん曰く「クセはあるが、このクセが文字どおりくせもので、一度好きになったら離れられなくなる」ということで、彼はこの七つのウイスキーを一つずつ並べ、真昼間から飲み比べている。例えば「魂の筋のひとつひとつまでを鮮やかに克明に浮かび上がらせていくグレン・グールドの『ゴルトベルク変奏曲』ではなく、淡い闇の光の隙間を細く繊細な指先でたどるピーター・ゼルキンの『ゴルトベルク変奏曲』を聴きたくなるような穏やかな宵には、かすかなブーケの香りが漂うブナハーブンあたりを、ひとり静かに傾けたい」

と感想を漏らしながら。

私は目を閉じて味を想像してみた。今度は、目を閉じたままでも頭の中で音が鳴った。グレン・グールドの演奏よりピーター・ゼルキンの演奏の方を聴きたい時というのは、何の言葉も欲しくない、ただ雨音を聴いていたいような気分のことだと思った。

音楽大学に通っていた時に、この曲を何人ものピアニストの演奏で聴き比べたことがある。その時に違いを味わうことの素晴らしさを知ることが出来たのだけれど、もしかするとウイスキーも同じように味わうことが出来るものなのかもしれない。クラシック音楽で喩《たと》えられたことで、一気にウイスキーのことが好きになるような気がした。

私は目を開けて歩き始めた。バーに行こう。右手には本を抱えていた。

向かったバーは、住宅地の中にひっそりと看板を出していた。階段を下りて扉を開けると、小さな蠟燭の火に照らされた大人達が、見定めるように一瞬こちらを見て、またお互いの会話に戻っていった。

バーというのは、どこへ行っても照明が暗い。確かに蛍光灯がぴかぴかと白い壁を照らしているバーの需要はないのかもしれないけれど、私は初めて体験する暗さに緊張していた。

七つの蒸溜所のうち、私が初めて試したアイラウイスキーは、ラフロイグという銘柄だった。自分で選んだ訳ではなく、地下のバーで本を見せながらアイラ島のウイスキーはありますかと聞いたら、それが出て来たのだ。本当はピーター・ゼルキンのブナハーブンを飲んでみたかったけれど、バーには置いていなかったので仕方なく村上さんが「くせもの」と言う七つのうちの一つを頼むことにした。

私は出された琥珀色を眺めながら一口飲んで、顔をしかめた。

「医薬品……のようですね」

ラフロイグは変な味だった。

医薬品というのはバーテンダーに気を使った言い方で、正直に言うと正露丸の味だった。正露丸味の酒。お腹を下してしまった時に飲んだら治ってしまいそうな味。そんな変な酒がこの世にあって良いのだろうか?

勿論、私はそういう意味でバーテンダーに対しても顔をしかめていたつもりだった。医薬品というのは、褒め言葉でも何でもない、変な味なんですが、という意味だ。それなのに、ラフロイグを出したバーテンダーは、何故か嬉しそうに、そうなんです、と微笑んだ。そういうウイスキーなんです、と。

私は混乱した。分からない。分かりたいのに、分からない。バーテンダーの微笑みも、村上春樹の言っていることも。

グラスを傾けて、何て匂いなんだろうと思いながらひとくち喉に運び、何だろうこの味は、と思いながらもうひとくちを内臓に送った。やっぱり、分からない。

消毒液のような匂いが鼻の前をずっとかすめていた。大人達の笑い声が、どこか遠くで聞こえてくる。どこがグレン・グールドなんだろう、ひとくち。何がピーター・ゼルキンだ、ひとくち。

ほどなくして、グラスが空いた。大きくカットされた氷の角が、溶けて丸みを帯びている。燃えた木炭のそばにいるように、内臓がじんわりと温かい。バーテンダーが私の前に置いてくれた瓶を見ると、アルコール度数は四十三%と書かれていた。私は段々と、不思議な気分になってきた。慣れないウイスキーで、酔ったのかもしれなかった。

「もう一杯飲んでみようかな……」

気づいたらそう言っていた。自分でも驚いた。すっかり無くなってしまうと、何だか恋しくなっているのだった。まるで随分昔に別れを決めた恋人の荷物が、突然家から無くなった日のように。私は氷に溶けたスモーキーで潮の香りのするアイラウイスキーの匂いを嗅いだ。最初に感じた匂いと、まるで違っていた。懐かしさすら感じて、私は氷の溶けたグラスを傾けて、もう一度味を確かめようとした。バーテンダーは微笑んでいた。

「美味しいでしょう」

彼は、最初からこうなることが分かっていたみたいだった。

私はその晩、バーにある限りのアイラウイスキーを贅沢に並べて、堪能した。それは本当に、幸せな経験だった。

ラフロイグを飲んだ夜から四年。私は今ではほとんど毎晩ウイスキーを飲む。たくさん飲む日もあるし、一、二杯で終わる日もある。

それは例えば疲れて帰ってきた夜に。何万人もの前に立った帰り道、本当に自分にその価値があったかと自問する夜に。素敵な歌詞が書けたかもしれないと思う夜に。

「僕らはことばがことばであり、ことばでしかない世界に住んでいる。（中略）でも例外的に、ほんのわずかな幸福な瞬間に、僕らのことばはほんとうにウィスキーになることがある」

（村上春樹『もし僕らのことばがウィスキーであったなら』より）

村上さんは、僕らの言葉はウイスキーになることがあると言う。私は、ウイスキーは時々言葉になると思う。

彼らは言ってくれるのだ。自信を失ったり、プレッシャーに押しつぶされそうな時に。

暖かく静かな場所で

「お帰りなさい」と。そして、「お疲れさま」と。

ああ、やはりウイスキーを男たちだけに飲ませておくのはもどかしい。

私は今日も帰っていく。あの優しい声のする所へ。

パレード

「おはようございます！」

薄暗い部屋に響いたのは、まるで試合前の野球部員のような勢いのある声だった。私は思わず
「ハイ！」

と返事をしてしまった。まだ事態を把握できていない心臓が、慌てて動き出す。時計を見ると、朝の五時。私はいつの間にか録音機材の間で薄い毛布にくるまって眠っていた。

息を整えて、ちらりと横のソファで眠る我がバンドのギタリスト、なかじんを見た。

またか……。

彼の寝言で起こされるのは、何度目だか分からない。

以前にもトイレに行こうと立ち上がった時に
「ちょっと、タンマタンマ！」

と、手ぶりまでつけて制止されたことがある。どうしたの、トイレ使うの？　と話し

かけると、彼はゆっくりと手を降ろし、何事もなかったかのように眠りにつくのだった。

吉田修一さんの『パレード』にもそんな話があったな……。私はため息をつきながら、思い出していた。

(『パレード』の中にも、なかじんのように大きな声で寝言を言う男の子が登場する。ちなみに彼の寝言は「あ、踏まないで!」)

『パレード』は、五人の若者がルームシェアをする物語だ。彼らの雑多な生活は「密入国した外国人みたい」だと書かれているが、一つの家に何人もの人間が入れ替わり立ち替わり現れる状況は、私たちの生活スタイルと似ている。

作中にも
「ねぇ、このうちってさ、一体何人住んでんの？　このあと、また誰か出てきたりする？」

と質問をされる場面があるが、読みながら思わず笑ってしまった。私もこの奇妙な質問を、幾度も受けたことがあるからだ。

我が家、通称セカオワハウスと呼ばれているこの家では、SEKAI NO OWARIのメンバー四人がシェアハウスをしている。

セカオワハウスができてからの七年間、メンバーだけでなく、スタッフや、友だちや、その日知り合った外国人まで、色んな人が住んできた。デビュー前から私たちのバンドのデザインを担当してきたデザイナーとそのアシスタントや、現在ライブでエンジニアとして活躍している男の子。就職難の中で音楽企業への就職を目指す男の子や、掃除をするという条件で住んでいた女の子等々、世代も職業も様々だ。

英語を教えてくれるという条件で、外国人に一室を貸し始めたのは三年前。初めは日系ドイツ人、次にアメリカ人。それからイギリス人、スペイン人、と続いて、今はまたアメリカ人が住んでいる。アメリカ人の彼とは週に一度は私のウイスキーコレクションから数本取り出して一緒に飲んでいるが、日本語を勉強している彼の最近の悩みは、「美容院」と「病院」の発音の違いが全く聞き取れないことらしい。

同時に住んでいた最大人数は、九人だった。

セカオワハウスは割と大きな家だけれど、九人は許容人数を完全に超えていた。その九人が、友だちを呼んだり家族を呼んだりするものだから、家に帰って知らない人がいるのは、我々にとって日常の出来事となった。

「こんばんは」

ある夜、玄関を開けてリビングに行くと、知らない人が私のウイスキー用のバカラに

缶からチューハイをなみなみとついでいる。彼は私に気づくと、こちらに向かって礼儀正しく頭を下げながら
「良かったら食べて下さい」
と、土産のようなものを差し出す。私は彼が誰で、誰の友だちなのかも分からないまま、土産の包装紙を破って
「わあ、福岡の通りもん！　大好きなんです。ありがとうございます。ご旅行ですか？」
と返す。
シェアハウスの日常とは、誰が招待したかも分からない謎の客人に「こんばんは」と迎え入れられる生活のことなのだ。
でも勿論、客人たちは深瀬の友だちだったり、なかじんの友だちだったりする。稀に、リビングにぽつんと座りながら
「深瀬に呼ばれたのに、いつの間にか酔っぱらって寝ちゃったみたいなんです……戻ってこないなら帰ろうと思っていて……」
と言っている人を何度か見かけたことはあるけれど、大体の場合は暫《しばら》くするとメンバーがどこかから帰ってきて、「あ、俺の中学の同級生」なんて紹介をしてくれる。
でもこれまでで一度だけ、私は本当に謎の客人から「こんばんは」と迎えられたこと

がある。

スペイン人が半年間セカオワハウスに滞在していた時のこと。

彼はスペイン語とスペイン訛《なま》りの英語を流暢《りゅうちょう》に話し、少しイタリア語も話せたが、日本語は「まあまあ」と「かわいい」しか話せなかった。

二人で土産物屋さんを物色していた時も、愛想のいいおばさんが土産を無料で試食させてくれて
「どうですかあ？　美味しいかしら？」

と聞いてくれたのに、彼は自分の二つの語彙《ごい》の中から自信満々に
「まあまあ！」

の方を選んだので、私はすぐさま笑顔を向けて立ち去り、歩きながら彼に「おいしい」を叩き込んだ。彼はすぐにオイシー、オイシーと発音していたが、練習しているその目が、何故か得意げで力が抜けた。文法的には間違いだが「かわいい」を選んだ方がマシだった。

そんな彼が、セカオワハウスでひとり留守番をしていると、インターフォンが鳴った。

「Hello」

スペイン人がインターフォンの通話機で話すと、カメラに映る中年の男性が狼狽した

ように何か言ったらしい。聞き取ろうにも、かわいいとまあまあとおいしいしか分からない彼に為す術はない。

「アイ　キャンノット　スピーク　ジャパニーズ」

スペイン人はなるべくゆっくりと英語で話した。でも、男性は困惑したまま日本語で何かを言い続けている。

微塵も通じ合えない英語と日本語。会話は平行線をたどるしか無かった。両者一歩も譲らず、今後一切交わるところ無しと思われたその時、男性の方からサオリ、という言葉が聞こえた。

「Oh, are you a friend of Saori?」

もしかしてあなたはサオリの友だちですか？

彼がそう聞くと、男性は嬉しそうに「サオリ！」と繰り返した。

「オー、サオリ！　サオリ！　サオリ！」

やっと二人の共通語が見つかると、彼らは盛り上がった。スペインと日本を繋げた唯一の共通語、サオリ。彼はその男性を家にあげ、お茶を出した。

その数十分後、スペインと日本の架け橋になっているとは知らず、サオリこと私は仕事から帰宅した。

玄関を開けると、見知らぬ中年の男性が照れたような顔でスペイン人と一緒にソファに座っている。家に知らない人がいることには慣れているが、スペイン人の友だちにしては、どうも雰囲気が合っていない。

私は違和感を覚えてスペイン人の彼に、英語で聞いた。

「あなたの友だち？」

すると、彼は驚いたように

「サオリの友だちだろ？」

と返した。

「違うよ」

「えっ、でも確かに彼はサオリって言ってたよ」

「会ったことない人だよ」

英語が分からない男性は、真ん中で私たちの会話を聞きながらにこにこと微笑んでいる。スペイン人は、次第に自分の失態に気付き始めてパニックになり

「友だちかって聞いたら、友だちだって言ったから、失礼のないように待って貰ったんだよ。でも、彼は英語が全く分からなくて、僕は日本語が分からなくて、だから取り違えてしまったのかもしれない。サオリ、怒らないでくれよ。彼が誰なのか分からないけ

れど、彼も悪くないし、僕も悪くないんだ」

　と早口で言い訳した。しきりに
「It was not my fault」

　と言って、自分のせいではないということを強調している。

　その横で、男性は笑顔で英語すごいですねえ、と感心し、小さく拍手までしている。

　頭が痛くなってきた。悪意は無さそうに見えるが、どう考えても知らない人だった。

「あの、すみません、どちら様でしょうか……」

　結局のところ、その人はファンの一人だった。今ではもう無くなったが、当時は家を見つけたファンの人がインターフォンを押す、ということが何度かあった。インターフォンで、サオリのファンだと言ったところ、見知らぬスペイン人から家に招かれたという。

　招かれても、入っちゃダメだろう。それは不法侵入みたいなものじゃないか。と叱りつけたいような気持ちにもなったが、私は百歩譲って言葉を飲み込んだ。

　内側からドアを開けられて、つい家の中へ入ってしまったことに悪気は感じられなかったからだ。

　男性には、家に来られるとプライベートが無くなってしまうからもう来ないで欲しいと言うと、彼はすぐさま恐縮して帰っていった。

結局、平穏は簡単に戻ってきた。

「かなり変な人だったな……」

男性が帰った後に私がそう言うと、スペイン人は
「彼は変な人なんかじゃないよ！」

と何故か少し怒りながら擁護した。

お前のせいだろうが、と言いたくなったが、故郷を離れてたった一人で異国の地で暮らす彼の孤独を尊重して、もう分かったよ、と言った。ため息をついた。もう分かったから、もう少し日本語を覚えてくれ。


『パレード』にも、正体不明の客人が登場する。

彼らはその謎の客人について「後輩かなんかだと思ったから」「見たこともないよ」「酔っ払って連れてきたんだと思ってた」「ねぇ、ほんとに盗《と》られてるもんない？」「私、（中略）一緒にパチンコまで行ったのよ」と、話すのだった。

本来なら笑えるエピソードなのだろうが、私は段々と怖くなってきた。

リビングでは、なかじんがストレッチポールに寝転がりながらニュースを見ている。ラブはコンビニで買ったシーフードドリアとナポリタンの大盛りを食べ、深瀬はソファに寝転がって漫画を読んでいる。

いつも通りだ。

でも、もしその隣で、あの日スペイン人が招き入れてしまった謎の客人がお茶を飲んでいたとしたら？

私は「その人、友だち？」と尋ねたりはしないかもしれない。『パレード』と同じように、きっと誰かの友だちなのだろう、と思うからだ。

私も知っている。この生活を守るための掟は「いつも通り」を守り続けることなのだ。

たとえ、生活の中に小さな違和感を持ったとしても、そっと視線を逸らしてしまった方がいいこともある。

誰かがそっと出て行く夜。深夜に玄関のドアが開いたことを知りながら、静かに迎える朝。

そんな日に、何も問いかけなかったことを思い出して、私は唾を飲んだ。そしていつもよりじっくりと彼らのことを観察した。

彼らはいつも通りの顔でリビングに集まり、それぞれ好きなことをしながら無邪気に笑っていた。いつも通りだ。それなのに、その笑い声が、何だかいつもより不気味に響くのだった。

羊と鋼の森

「調律師に一番必要なものって何だと思いますか」

宮下奈都さんの『羊と鋼の森』という小説の中で、新米調律師の主人公が先輩に質問するシーンがある。

調律師にとって一番必要なものは何か。

先輩は答える。

「チューニングハンマー」

「いや、そういうことじゃなくて」

主人公がそう言うと、他の先輩調律師からも、口々に答えが返ってくる。

「根気」

「それから、度胸」

「あきらめ」

読みながら考えていた。ピアニストである私にとって、一番大切なものは何だろう。

本を閉じて、二十五年の時を遡った。

ピアノを弾くために大切なもの。

それは最初、花束だった。

小学校に上がる前、私は小さな社宅に住んでいた。三階建ての鉄筋コンクリート、全十二戸。三階にある我が家の隣には、年の近い女の子が住んでいた。

彼女とは同じ幼稚園に通っていた。やがて手を繋いでバレエ教室の見学に行き、セーラームーンのコスチュームを一緒に着るほどの仲になった。

そんな彼女がある日、私をピアノの発表会に招待してくれるという。隣の家から音が聞こえていたから、ピアノを習い始めたことは知っていた。私はお気に入りのワンピースを着て、「発表会」という言葉の意味もよくわからないままに、母と二人で呑気にその会場へと出かけて行ったのだった。

私はそこで、人生を変える衝撃の景色を見てしまう。

演奏。静寂。立ち上がって、お辞儀。拍手。

そして客席から次々に贈られる、花束……花束……花束……。

「私もピアノやりたい」

帰り道、興奮気味に母に告げた。

「どうせ続かないでしょう」

母は呆れて私の興奮をはぐらかした。でも私は、ステージに立ってあの両手いっぱいの花束を自分も受け取りたくて仕方が無かった。どうにかなりそうな程、花束を抱えた彼女の姿が羨ましかった。

「続く」

「続かない」

断固拒否する母。私も負けじと応戦する。幼稚園のクレヨンを握りしめて、思いの丈を手紙に書いた。

ぴあのやらせてください。ぴあのやらせてください。ぴあのやらせてください。ぴあのやらせてください。ぴあのやらせてください。ぴあのやらせてください。ぴあのやらせてください。ぴあのやらせてください。ぴあのやらせてください。ぴあのやらせてください。ぴあのやらせてください。ぴあのやらせてください……。

母は遂に根負けした。忘れもしない、五歳の春だった。

ピアノを弾くために大切なもの。次にそれは、鍵になった。

八歳になって、街のピアノ教室で上手だともてはやされるようになると、私は次第に練習をさぼるようになった。

椅子に座って、時計を何度も見ながら時間が過ぎるのを待つ。しまいには指紋でピアノの黒い部分に絵を描き始めると、頭の上から声が降ってきた。

「もうええわ」

母は、ピアノ椅子に座る私の隣に立っていた。母は関西人だ。東京弁なら「もういいよ」なのに、関西弁で言われると俄然迫力がある。

母は強引に私を椅子からどかせた。そして鍵盤の蓋を閉めて、私のことを睨みつけた。

「何なん」

私も関西弁で返してみる。練習不足を責められていることは分かっていたが、バツが悪いので阿呆のフリをした。まるで何が起きているか全く想像出来ないというような顔で、私は母の動向を窺《うかが》っていた。

母は突然ポケットから大きな鍵を取り出した。そしてピアノの真ん中にある穴に差し入れた。

私は驚いた。ピアノに鍵穴があることすら知らなかった。

がちゃり、とピアノの中で何かが動いた。今度は本気で驚いた。

「もう弾かんでええわ」

母は毅然とした態度で続けた。

「練習せえへんかったら、いらんやろ」

私がピアノの蓋を開けようとすると、鍵が閉まっていて開かない。がちゃり、という音の意味を、この時にようやく理解した。

ピアノが開かないと分かると、私の身体は突然力が入らなくなった。がくりと膝が折れて、足下から崩れ落ちる。

私の人生から、ピアノがなくなってしまう。急に大きな喪失を感じた。

この先どうやって生きていけば良いのか分からない。とにかく不安で堪らなかった。

床にぺたりと座りこんで項垂《うなだ》れていた私の右手に、母はため息をついて鍵を置いてくれた。

「ちゃんとやんねんな」

ピアノの鍵。それはまるで冒険の物語に出てくる宝箱の鍵のような、装飾の施された立派な鍵だった。

それからというもの、私は鍵を守るようにピアノを弾いた。思い通りに弾けず苛立つ事もあったし、何度も同じパッセージをひたすら繰り返す地道な練習に飽きることもあった。

けれど、私は練習を続けた。私にとってピアノは自分から切り離すことのできない物だと気付いたからだ。もしそうではなかったのならば、蓋を閉じて鍵をかけてしまえばいい。次に鍵をかけることができるのは、鍵を持っている自分なのだから。鍵は祖母がくれた花柄の缶へ大切にしまうことにした。缶は引き出しの奥へと隠して、母の目には絶対に触れないようにと気を配った。

ピアノを弾くために大切なもの。十五歳になるとそれは、楽譜になった。

私は都内の音楽高校に入学した。小さなその学校には一学年に四十人の音楽科の生徒がいて、半分がピアノ専攻だった。もう半分は弦楽器や金管楽器、木管楽器や打楽器、声楽などで、一人だけ作曲専攻の生徒もいた。

部活動がない代わりに、授業が終わった放課後には、ほとんどの生徒がそれぞれの楽器を練習しに行った。ヴァイオリンとピアノは特に練習が必要な楽器なので、生徒たちはいつだって楽器と二人きりで部屋にこもらなくてはならなかった。

五時間目の授業が終わって、私は練習棟と呼ばれる建物へ向かった。二台ずつグランドピアノがある部屋が、ずらりと並んでいる。フルートの音やオペラを歌う生徒の声が聞こえる中を、空室を探して歩いていた。

突然どこかの部屋からショパンのエチュードがこぼれだしてきた。どきりとして、そっと硝子扉の向こうを覗く。普段の教室で、私の前の席に座っている女の子がピアノを弾いていた。

もう、こんな曲を。

私はきらびやかなショーウィンドウを覗きこむ幼い少女のように、その場に立ち尽くしていた。

ショパンエチュードOp.25-11。二十七曲あるショパンエチュードの中でも、極めて難曲の部類に入る『木枯らし』。

硝子扉の前に立っている私は、その曲をまだ弾くことが出来ない。

彼女の右手が速いフレーズを奏でていた。木枯らしを表現するその右手は、冷淡な程落ち着いた左手のメロディと、別れては再び手を取り合う恋人のように、鍵盤上で左右に離れては中央に近づき、そしてまた離れていく。息をのんでその動きを見守った。

上手い。身体中に冷や汗をかきながら、私はその場から一歩も動くことができなかった。

同い年で、同じように生きてきたはずのクラスメイトと自分の間にある距離。それは自分が想像していたよりも、ずっと遠いことを知った。

急に我に返った。私は練習室に入り、楽譜を取り出してピアノの譜面台に載せた。クリーム色の表紙にえんじ色で大きく「ＣＨＯＰＩＮ」と書かれている、彼女が持っているものと同じ楽譜。ショパンエチュード、パデレフスキ版。

そうだ。同じ楽譜なのだ。

私は楽譜を見つめた。彼女と私は、同じ楽譜の前にいる。一体どこで差が出たのだろう。ほとんど同じタイミングでピアノを習い始め、同じ高校へ進み、同じ練習棟のピアノを使っている。

唇を前歯で嚙んで、楽譜の前から逃げ出したいような気持ちを必死で抑え込んだ。

文章を読む時と同じように、楽譜にもかなり高度な読解力（読譜力）が必要とされる。私は楽譜に記された意味について、頭の中が焦げ付くほど考えるようになった。小さなスラーや、スタッカートなど、細かいアーティキュレーションを何百回も繰り返し弾いてみる。弾けば弾く程、楽譜の奥深さには感嘆させられた。

時々、手を止めて彼女の木枯らしを思い出した。

卒業する頃には、山のような楽譜が部屋に積まれていた。そしてこの先も、自分はこの中で生きていくのだと思っていた。

ピアノを弾くために大切なもの。

今それは、予想もしていないものになっている。

二十歳になった頃、私は幼馴染に誘われて、ＳＥＫＡＩ ＮＯ ＯＷＡＲＩというバンドのピアニストとして活動し始めた。

人前で演奏することを、発表会でもコンサートでもなく、ライブと呼ぶことにくすぐったさを感じながら、ステージに上がる。

最初の頃はクラシック音楽の舞台にはない、派手な照明や大きな音響機器に驚いたり、自分以外の人間がステージにいることに新鮮さを感じたりもした。

でもある日、私はステージの上ではっとした。

十数回目のライブだったと思う。ステージから客席の方を見ていると、色んな人と目が合うのだった。

ある人は涙を流していて、ある人は笑顔だった。ある人は一緒に曲を口ずさみ、ある人は真剣なまなざしでこちらを見ていた。

私は発表会でもコンサートでも、同じようにステージに上がりながら、今まで一度も客席に目を向けなかった。私は誰のことも考えずにピアノを弾いてきたのだった。

微笑みを返しながら、今までどうして気づかなかったのだろう、という思いが、ぐるぐると頭の外側を回る。

お客さん。

今の私にとって、ピアノを弾くために一番大切なもの。

スポットライトに照らされたステージの上で、全ての楽器が音を止める。

たくさんの観客が見つめる中、私は一人ピアノを弾き始める。場内に緊張感が走る中で、絶対に弾ける、と自分に言い聞かせる。花束が欲しくてピアノを始めてから、たくさんの時間を練習に費やしてきた。鍵を閉められて泣いた日も、唇を前歯で噛んで楽譜と向き合った日も。

その記憶があれば、私は絶対に弾ける、と。

盛大な拍手を貰った帰り道、「さおりちゃんに憧れてピアノを始めたんです」と母娘に声をかけられた。

「頑張ってね」と微笑むと、彼女は頷きながら手紙を差し出した。手紙には、ピアノと小さな花束が描かれていた。

コンビニ人間

「今日さ、飲み会に行ったら、みんなご飯屋さんの話ばっかりしてて、最悪だった」

とある飲み会の帰り道、私は友人へ電話をかけた。

携帯電話の通話口から、さっき食べた串焼きの甘いタレの匂いがする。そんなことにも、苛立ちが増した。

私はあの人たちとは違う。みんなで集まっても、お酒を飲んで美味しいものの話しかしない、あんな大人たちとは。

口元をぬぐって、私は友人に訴え続けた。

「みんなが住んでるあたりで美味しい店ってどこなの？　あの店は行ったことある？　って、そんな話ばっかり」

その飲み会には音楽プロデューサーや、音楽事務所のスタッフなどがいた。私は音楽業界に入ってきた新人として呼ばれたのだった。

二、三人の大人たちが、私の住む駅の近くの店について話し始めた。あの店の寿司は値段の割に大したことがないから行かない方がいいとか、あの店のハンバーグは柔らかくて飲める程だとか。

私が美味しいお店を一つも知らないと答えると、彼らは信じられない、という表情をしてから、どこか嬉しそうに話し始めた。

「そうなの〜？　もったいないね、あのへんは美味しいものがたくさんあるのに。ホラ、あのガソリンスタンドの通りにある、角の焼き鳥屋行ったことない？　あそこの鶏の軟骨入りのつくねは絶品なんだから。それから、駅前のローストビーフもむちゃくちゃ美味しいんだよなあ。え？　そこも行ったことないの？　折角デビューしたんだから、そのくらい食べに行った方がいいよ。それからオススメの店は……」

私を置き去りにして話は勝手に盛り上がっていた。今度一緒に行こうよ！　という声が、喧騒に混じって聞こえてくる。

私はその姿を無言で眺めていた。汚い大人。ご飯の話ばっかりして、快楽に溺れているんだわ。

私の目には、彼らが、『千と千尋の神隠し』に出てくる「お父さんとお母さん」のように見えた。

知らない街で勝手に飲み食いする父と母が、次第に豚へと姿を変えていくシーン。よだれを垂らし、豚に変わっていることすらも気がつかずに、ご飯を貪《むさぼ》り続ける醜い姿。

私は電話口で軽蔑を込めて友人に言った。

「最悪だった。音楽業界の大人って、あんな感じなんだなあって。私はあんな風にはなりたくないと思った」

しかし、電話越しに聞こえてきた言葉は私が期待していたものとは違った。

「なんで、それが最悪なの？」

SEKAI NO OWARIには、結成当初、個人の財布、個人の時間という感覚がなかった。

アルバイトで得たお金は全てバンドのために使うものだったし、自由に出来る時間は全てバンドに費やすことが当たり前だと思っていた。

俺のものもお前のものも、バンドのもの。

いつしか、それがSEKAI NO OWARIの暗黙のルールとなっていった。

そんな環境の中で、外食は大罪だった。安く時間のかからないラーメンなどは許されていたものの、美味しいものに金と時間をかけるという行為は、バンドへの冒瀆行為のように思えた。

それも、誰かが言った訳ではなく、皆が自然と思っていたのだ。

アルバイトは、バンドの為にしているのであって、美味しいものを食べるためじゃない。

デビューもしていないのに、人生に満足してはいけない。快楽に溺れてはいけない。

私たちは、目的の為に快楽を蔑《さげす》んでいた。アルバイト代で美味しいものを食べている同級生を見ては
「あいつらは脱落者なんだ」

と勝手に決めつけ、欲しがりません勝つまではの精神で耐え忍ぶことを美徳とした。

そしてデビューを実現し、その感覚がもう必要なくなってからも、美徳は忘れ物のように自分の身体に住み続けていた。

そんな感覚を持ち続けていたのは、私の世界が同じことを考えているバンドメンバーだけで構築されていたからだ。

それは『コンビニ人間』に出てくる主人公が、コンビニという小さな世界の中で自分を構築している感覚によく似ている。

「今の『私』を形成しているのはほとんど私のそばにいる人たちだ。三割は泉さん、三割は菅原さん、二割は店長、残りは半年前に辞めた佐々木さんや一年前までリーダーだった岡崎くんのような、過去のほかの人たちから吸収したもので構成されている。

特に喋り方に関しては身近な人のものが伝染していて、今は泉さんと菅原さんをミックスさせたものが私の喋り方になっている。

大抵のひとはそうなのではないかと、私は思っている。前に菅原さんのバンド仲間がお店に顔を出したときは、女の子たちは菅原さんと同じような服装と喋り方だったし、佐々木さんは泉さんが入ってきてから、『お疲れさまです！』の言い方が泉さんとそっくりになっていた。泉さんと前の店で仲が良かったという主婦の女性がヘルプに来たときは、服装があまりに泉さんと似ているので間違えそうになったくらいだ。私の喋り方も、誰かに伝染しているのかもしれない。こうして伝染し合いながら、私たちは人間であることを保ち続けているのだと思う」

（村田沙耶香『コンビニ人間』より）

「なんでって……。みんなあの店の何が美味しいとか、そんな話しかしてなかったんだよ」

私はしどろもどろになりながら言葉を探した。友人もいぶかしげに返事をする。

「うん。それの、何が最悪なの？」

「何がって……」

目から鱗が落ちた。言われてみると、何が最悪なのか説明がつかない。自分たちが美味しいものを我慢していたのは、まだ音楽でお金を得ていなかったからだ。デビューもして、音楽でお金も得ることが出来た今、どうして美味しいものを食べることをまだ排除しようとしていたのだろう。

コンビニの自動ドアが開くように、あっけなく世界が開くことはある。

「美味しいご飯を食べることって……もしかして悪いことじゃないのかも」

私はおそるおそる呟いた。急に雲間から光が射すような明るさが、自分の心を照らし始める。

世界はこんなにも広くて明るかったのか。

煌々《こうこう》と照らされた光の中には軟骨入りの鶏つくねやローストビーフが浮かんでいる。

私は、目を向けないようにしていた世界の方へ、ちらと視線をうつしてから、目映《まばゆ》いほどの御馳走に唾を飲み込んだ。


人を作るのは環境だ。

コンビニ人間に出てくる主人公が、コンビニという規律の中でしか自分を保つことができなかったように、かつては私たちも、四人だけで世界を構築しなければいけない期間があった。

でも、もう一人一人が外へ出て行っても大丈夫な時期がきたのだと思う。環境の変化によって、自分も変わってきたからだ。

私は変わった。

扉を閉ざし、快楽を排除しなくても前を向くことの出来る自分に。美味しいものを食べる大人に向かって「豚だ」と罵《ののし》らなくても、自分のやりたいことを肯定出来る自分に。

私は自動ドアを開けて、小さな世界から出て行くことにした。

店内で響く
「ありがとうございました〜！」

という声を背に。

妊娠カレンダー

妊娠してから、

「マタニティライフ楽しんでね」

とよく言われる。

春先に妊娠が発覚し、安定期に入った夏に発表をしてから、その回数は日ごとに増えていった。

友人は私の膨らんだお腹を見ながら、優しい眼差しで言う。

「妊娠生活、あっという間だね」

「お腹の中にいる短い時間を大切にね」

もしかするとそれらは、妊婦に対してかける世間的な決まり文句なのかもしれない。

飛行機に乗る時、英語では Have a good flight と声をかける。良いフライトを、という意味だ。マタニティライフ楽しんでねというのも、きっとそんな定型文の一つなのだろう。

でも、その言葉に対して素直にウンと頷ける妊婦は一人もいないのではないかと、私は思ってしまう。

マタニティライフは、はっきり言って楽しくない。

つわりは大体九週頃にひどくなることが多いが、私も例に漏れずにその頃から胃液がこみ上げ始め、立っていられない程の眠気に襲われるようになった。

その頃、襲いくるつわりと戦いながら、私は中国へと飛んだ。ちょうど香港、中国二都市でライブがあり、一週間で六度ステージに立つことになっていた。

家にいたところで体調が良くなる訳ではないし、香港や中国のファンに会えること自体はとても嬉しい。

でも、どうしたらマタニティライフを楽しめるのかはまったく分からなかった。

身体はだるいし、胃がむかむかする。

ライブが終わってもみんなとお酒を飲むことも出来ずに、私は一人ベッドに寝転んで妊娠にまつわる情報を検索し続けていた。

もし今日生まれてしまったらどうなってしまうのだろう。もし子供に何かあったらどうしたらいいのだろう。

もう何度も見たはずの記事を、繰り返し読んでしまう。情報を取込みすぎては駄目だと思いながらも、気づいたら携帯の画面を何時間もスクロールしていた。

妊娠生活はあっという間なんかではないのだ。妊婦にとって、流産や早産の不安を抱えながら過ごす一日は、本当に長い。

そんな時間の一体どこを楽しんだら良いというのだろう？

私は幸せよりも遥かに不安が上回ってしまう日々を、

「やっと五十日」

「やっと百日」

と、数えるように過ごし始めることになった。

マタニティライフは大変なことも多いが、奇妙なことも多かった。

私の場合、つわりが落ち着き始めた十五週頃、突然世界がグロテスクに見える瞬間が訪れた。

例えば洗濯したての自分の下着や、リビングに置かれたビールの空き缶など、いつもなら気にもとめないようなものが、まるで口を開いた食虫植物のように見えてしまうのだ。

下着についたひらひらとしたレースは虫を捕食するための葉のようになびき、ビールの飲み口がぽっかりと穴を開けた消化器官のように見える。

その瞬間、出した手を引っ込める私の胸のあたりに、嫌悪感が走るのだった。

気持ち悪い。

どうしてそんなことが起きるのか全く分からなかったが、およそグロテスクとはかけ離れたものを見ては気持ち悪いと思ってしまう自分が、自分じゃないように思えて恐ろしかった。

妊娠は時に私を困惑させ、驚かせ、怯えさせる。

小川洋子さんの「妊娠カレンダー」に出てくる妊婦の一人も、自分の意思とは無関係に自分の身体の中で成長していく子供に対して、戸惑いの言葉を述べていた。

「ここで一人勝手にどんどん膨らんでいる生物が、自分の赤ん坊だってことが、どうしてもうまく理解できないの。抽象的で漠然としてて、だけど絶対的で逃げられない。朝目覚める前、深い眠りの底からゆっくり浮かび上がってくる途中に、つわりやM病院やこの大きなお腹やそんなもののすべてが幻に思える瞬間があるの。その一瞬、何だ全部夢だったんだって、晴れ晴れした気分になれるの。だけどすっかり目が覚めて、自分の身体を眺めてしまうともうだめ。たまらなく憂鬱になってしまう。ああ、わたしは赤ん坊に出会うことを恐れているんだわって、自分で分るの」

（小川洋子「妊娠カレンダー」より）

それでも私は、私を戸惑わせるまだ見ることも触ることも出来ない生物にむかって毎日話しかけている。

例えばライブが終わった後、何本も取材を受けた後などに、

「今日は大きい音が鳴ってたの、聞こえたかな」

「朝から忙しかったから、疲れたねえ」

という風に。

でもそれを母性と言ってしまうのには、まだ違和感がある。

誤解を恐れずに言えば、宗教的な感覚に似ているのかもしれない。存在すると信じて声を出すことは、どこか祈りに似ているような気がするから。

どうか無事でいて欲しい。どうか生きていて欲しい。

そんな風に思いながら、まだ膨らみのないお腹に向かって私は一人で祈りを捧げていた。

何の変化もない腹部に話しかける行為は、側から見れば奇妙に映っていたのかもしれない。

でも独り言のように話し続ける私の姿を見て、いつしかそこに夫が参加するようになった。

彼はテレビ番組の収録に向かう私（のお腹）に向かって、

「今日はテレビに出るんだよ」

「お腹の中でいい子にしててね」

と話しかけた。

妊娠を発表できた日には、

「すごくたくさんの人がおめでとうって言ってくれたよ」

と嬉しそうに報告していた。

お腹が膨らんでくると、夫以外にも次第にいろんな人がお腹に向かって声をかけてくれるようになった。

ミュージックステーションに出演した時には、タモリさんが、

「よーし、スポッと生まれてきなさい！」

と言いながら真剣な顔で安産祈願を書いてくださった。

母と父は感慨深そうに私のお腹を眺めながら、

「あともうちょっと頑張らなあかんよ。はよ出てきたらあかんからね」

と出身地の言葉である関西弁で声をかけてくれた。

メンバーはレコーディング中、ギターの音色を確認する度に、

「さおりちゃんのお腹の子供に、ジャズマスターのギターの音色をもう一回聴かせてやってくれ！」

と言って、

「どう？　良い音だと思う？」

と笑いながら話しかけてくれた。


マタニティライフは楽しくない。

体調を崩し、不安を抱えながら過ごす日々は、とてつもなく長い。この期間無しに子供が生まれてきてくれるならどんなに良いだろうと、正直なところ今でも思ってしまう。

でも、現段階では見ることも触ることも出来ないお腹の子供に向かって誰かが声をかけてくれる時、私はとても心強い気持ちになれる。

まるで、一緒に祈りを捧げて貰っているように。

お腹が大きくなった今でも、本当に小さな子供が自分の中にいるとは信じられないような気分になるけれど、それでも私は声をかけ続けるだろう。

この気持ちが届くと信じて、産声に向かって微笑むことが出来る日まで。

火花

「さおりちゃん、小説を書いてみなよ」

バンドのボーカルの深瀬が言った。

２０１２年、ＳＥＫＡＩ　ＮＯ　ＯＷＡＲＩが初のアルバムをリリースし、全国二十五都市をライブで回っている最中だった。

「小説？　どうして？」

「さおりちゃんは文章を書くのが上手だから」

「でも、私はブログくらいしか書いたことがないし、幾らなんでも小説は……」

深瀬に言われて、私は言い淀んだ。

小説を読むのは好きだ。中学生の頃からずっと短い日記をつけているので、文章を書く習慣もある。だから小説を書いてみることに興味があるかと聞かれれば、それは勿論あると答える。

でも、日記と小説じゃあまりにも違う。

まず具体的に文字の数が違う。私のつけている日記は、多い日でも千文字くらいのものだ。小説は……一体何万字くらいあるのだろう？

考えただけで頭がくらくらした。ブログを書くのだって何時間もかかってしまうのに、そんなに長い文章を書くにはどのくらいの時間がかかるのか想像も出来ない。

そして、小説は日記のようにその日起きたことや感じたことを自分だけに分かるように書けば良いという訳でもない。物語を創作し、情景を描写し、人に伝わるように描かなくてはならない。

それを、あんな文字数で？

私は今まで読んだことのある小説の、途方もない文字の量を頭に浮かべながら、やんわりと深瀬の提案を否定した。

「無理だよ」

すると、深瀬は急に真面目な顔になった。

「やってもいないのに、無理って言うな」

私は唇を嚙んだ。深瀬はいつも、口癖のようにそう言ってきた。

彼はその挑戦が無謀であればあるほど、みんなが無理だと言えば言うほど、そう言うのだ。

「やってもいないのに、無理っていうな」

でも、確かにそれは一理あるだろう。

無理かどうかはやってみてから決めれば良いのかもしれない。やってみて、それでも駄目なら諦めればいいのかもしれない。

作品を書き上げられる自信はなかったが、私はやってみる、と深瀬の前で小さく頷いた。

部屋に戻って何を書こうか考えてみると、思いの外小説の題材はすぐに決まった。自分の人生をベースに物語を脚色していくのが、今書けるものの中でベストを尽くせると思ったからだ。

そう言うとまるで多くの選択肢があるように聞こえるが、正直なところそれ以外には考えられなかった。日常の日記しか書いたことがなかった人間が、いきなり手から魔法が出る物語を創作したり、人を殺したりする話を書けるとは思えない。

私はパソコンを立ち上げて、初めての執筆を始めることにした。

「さて、何から書き始めようかな」

アイディアは少しずつ湧いてきた。主人公は自分と同じ女の子にしよう。最初のシーンは学校が良いな。友だちをどうやって作れば良いのか悩んでいる所を入れたいから、中学校にしてみよう……。

深瀬に言われて考え始めてみたものの、私はずっと文章を書いてみたかったのだということがモニターの前に座るとよく分かった。

嬉しくて、それでいて少し恥ずかしい気分だった。

自分が憧れていた文学という世界に挑戦していることを、烏滸《おこ》がましいと思いながらも、どこかで期待してしまっている。

そんなのは無理だと言ったにも拘わらず、いつか自分の名前が書かれた本が本棚に並ぶ所を想像してしまっている。

物語には幾らでも書くことがあるような気がして、私は意気揚々とキーボードの上に指を乗せた。

「さて……！」

しかし、そこで景色が一変した。

キーボードの上に置いた指が、いつまで経っても動かない。真っ白な画面の最初の一文字のところで、カーソルが一定のリズムで点滅している。

音楽を作っている時に、イントロがつまらないと曲もつまらないという人がいるが、その理論でいくと今私が書こうとしている一文字は、最も重要な部分になるかもしれない。

最初の一文字。この先の物語を預けることになる最初の一文字とは……。

そんなことを考えて、私の頭はいつの間にかぷすぷすと白い煙をあげていた。

白紙。それが私の執筆第一日目だった。

何も書けないまま数日が経った頃、もうとにかく書いてみて、つまらなければ後で消せば良いと腹を括った。書く前から考え過ぎて、頭も身体も硬直して、しまいには頭の中の文章までもが硬直してしまっていたことに気づいたのだ。

私はようやくパソコンに向かって、書きたいと思うエピソードを一つずつ文章に起こしていった。

ピアノのことを書いてみよう。出身の大阪のことも書いてみよう。十代の頃に悩んでいた、精神疾患についても自分なりに考えたことを書いてみよう。

文字数は少しずつ増えていき、あっという間に時間が過ぎていった。その間、振り返ることはせずに進もうと決めた。毎回振り返っていると、また以前と同じように前に進めなくなってしまうと思ったからだ。

SEKAI NO OWARIは日に日に忙しくなってきていたので、私は休みの日に文章を書くようになった。休みを見つけて書くのでどうしても物語が進むペースはゆっくりになったが、それでも自分の自由にできる時間に文章を書くのは、充実した日々に思えた。

書こう。とにかく書こう。

執筆作業は続いた。その間、私はほとんど自分の原稿を読み返さずに文章を書き続けていた。

　そうして二年が経過した頃、ふと自分の原稿を印刷して読んでみた。それがどんなきっかけだったかは忘れてしまったが、もう既に百ページもの分量、文字でいうと十万字程の文章を書いていたので、そろそろ読んでも良いような気がしたのかもしれない。私は分厚いコピー用紙の束を一枚一枚めくりながら、自分の作品を読み始めた。休みを何日も潰して書いた文章だ。お酒を飲むことも、旅行をすることも我慢して書いた文章。

　私は自分の頑張りを確認するような気持ちでページをめくっていた。でも、半分を過ぎたあたりから異変が起きた。紙を持つ手が汗ばみ、唾を飲み込む回数が増え、そして遂には手を動かすことが出来なくなってしまったのだ。それは期待に反して、めちゃくちゃだった。まとまりがなく、描写が分かりにくく、物語はあちこちへ散乱してしまっていた。

　この小説は、だめだ。

　私は肩を落とした。二年もかけたのに、作品はゴミみたいに思えた。もしかすると私は、今まで休みの日にせっせとゴミを書いていたのかもしれない。ゆっくり身体を休めたり、美味しい物を食べに行ったりしても良かった時間の中で、ひたすらゴミを製造していたのかもしれない。

ああ、そんなのあんまりだ、と叫びたくなった。私は惨めな気持ちで自分の部屋にある天井まで届く本棚を見上げた。

あそこに自分の名前が並ぶまでの道のりは、何と、なんと遠いのだろう。

二年間、頑張ってきた。でも、無理だった。私は印刷した原稿をゴミ箱に捨てて、パソコンをそっと閉じた。

それから数ヶ月が経つ頃、深瀬は思い出したように小説について聞いてきた。

「さおりちゃん、書いていた小説はどうなったの？」

私は、努力はしてみたがどうしても完成することが出来なかった旨を伝えた。やる前から無理だと言った二年前と違い、やってから無理だと言うのだから、もうどうしようもない。

深瀬は静かに相槌を打ちながら私の報告を聞いていた。でも、急に口を開いて

「途中までは書いたんでしょ？　そしたら、それを友だちの編集者さんに読んで貰おうよ」

と言った。

私は驚いて、目をいっぱいに開いた。確かに、私たちの友だちの中には編集者さんがいる。でも、物語が完成する前に見て貰うことなど、考えたこともなかった。

私は深瀬の言う通り、データを送ってみることにした。

そして、これでもし編集者さんに諦めた方が良いと言われたら、もうこの原稿のことは諦めよう、と思った。二年の間で、一人で出来ることはもう充分やってきたと思えたからだ。

編集者さんからの返答は、すぐにきた。

「すごくいいと思いました。だから、必ず最後まで書くべきです」

私は泣いてしまいそうになった。深瀬は隣でにこりと笑っていた。そしてその日から、もう一度書きかけの原稿に向かうことになったのだった。

最初から何のプロットも立てずに書いていたので、私の執筆作業は常に行き当りばったりだった。書きながら、こうでもないああでもないと何度も同じ場所を行ったり来たりするだけで、ほとんど何も進んでいない日もあれば、書いているうちにどんどんアイディアが湧いてきて、自分が想像していたより遥かに物語が進んでいく日もあった。

音楽を作っていると
「これは本当に自分が作った作品だろうか？」

と信じられないような気持ちになることがあるけれど文章を書くことも同じで、昨日書いた物語がまるで別人が書いたように思えることがある。

それは良い意味の時もあれば、悪い意味の時もあり、後者の場合の時は

「もうこのままゴミ箱に捨ててしまいたい」

という自己嫌悪で全てをやめてしまいたくなるのだった。

自分のことや、自分の書いた文章のことをゴミのように感じてしまう感覚は、小説を書いていると定期的に訪れた。

こんなゴミみたいな文章しか書けないいんだったら、もうやめちゃえよ。才能なんてないよ。頑張るだけ無駄なんだよ。そんな声が頭の中で響き、背中に冷や汗が走る。

それでも、執筆も三年目に突入すると、私は小説を書くことをやめられなくなっていた。以前のように放り出したり、途中で逃げ出してしまうことを考えると、肺の辺りがぎしぎしとこすれ、嫌だ、やめたくない、と思うようになっていた。

四年目にはようやく物語の軸のようなものが出来てきた。地に根を張っている幹があると、新芽が伸びていくように話は広がり、時々思いがけず花が咲くようなシーンを書ける日もあった。

そして五年目になって、遂に編集者さんによって締め切りが設けられた。

初めて締め切り日を聞いた日は

「何を言っているんだ、そんなの無理に決まってる！」

と半分怒りのような感覚が湧いてきたけれど、それでも何とか書き上げようと私は必死に時間を見つけた。

私は書いた。五万人の前に立ったドーム公演の後に。テレビ番組で新曲を披露した後に。アジアツアーに行く為の飛行機の中で。仕事に行く前の、誰もが寝ている静かな朝に。

書いて書いて、そして、たくさんの文章を消した。

遂に小説『ふたご』が書き上がった日のことを、私はよく覚えている。

何度目かの校閲作業を終えて、もう修正はかけられないという段階に入ったその夜、ベッドに入ると『ふたご』の第一部第一話「夏の日」から、第二部第十六話「君の夢」までが高速で頭の中をびゅんびゅんと駆け巡り、早回しの機械音のような音で再生され続け、一睡もできなかったからだ。

最後の最後まで、悪夢のような執筆期間だった。それなのにどうしてなのか、今はその日々をとても恋しく思う。

本を書いている間、私はほとんど本を読まなかった。読んでしまうと、書きたいことや、文体のリズムが影響されてしまうかもしれないと思ったからだ。私はぼんやりと本を書いてきた五年間を思い出しながら、ずっと読みたかった本をようやく手に取った。

そしてこの本を読みながら、ああ、やっぱりこの本を読まなくてよかったと思った。この文章の意味が、わかる時に読んでよかった。

「必要がないことを長い時間をかけてやり続けることは怖いだろう？　一度しかない人生において、結果が全く出ないかもしれないことに挑戦するのは怖いだろう。無駄なことを排除するということは、危険を回避するということだ。臆病でも、勘違いでも、救いようのない馬鹿でもいい、リスクだらけの舞台に立ち、常識を覆すことに全力で挑める者だけが漫才師になれるのだ。それがわかっただけでもよかった。この長い月日をかけた無謀な挑戦によって、僕は自分の人生を得たのだと思う」

（又吉直樹『火花』より）

ぼくは勉強ができない

「ぼくは、昨日のテレビ番組を思い出した。子供を殺すなんて鬼だ、とある出演者は言った。でも、そう言い切れるのか。彼女は子供を殺した。それは事実だ。けれど、その行為が鬼のようだ、というのは第三者が付けたばつ印の見解だ。もしかしたら、他人には計り知れない色々な要素が絡み合って、そのような結果になったのかもしれない。母親は刑務所で自分の罪を悔いているかもしれない。しかし、ようやく心の平穏を得て、安らいで罰を待ち受けているかもしれない。明らかになっているのは、子供を殺したということだけで、そこに付随するあらゆるものは、何ひとつ明白ではないのだ。ぼくたちは、感想を述べることは出来る。けれど、それ以外のことに関しては権利を持たないのだ」

（山田詠美『ぼくは勉強ができない』より）

私は本棚から山田詠美さんの『ぼくは勉強ができない』を手に取った。

読みたい本を定期的に購入しては並べているので、私の本棚は小さな図書館のようになっている。

新刊から古い名作まで様々なジャンルが並ぶ中で、今日はこの本にしようと決めて、椅子に腰をかけた。

本を読んでいると、時間が澄んでいく。ゆっくりとページをめくる音は落ち葉がかさりと風に舞う音のようだし、電気ストーブの音は遠くで流れる水音のように聞こえてくる。私は小さな図書館の中で、澄んだ空気の中で、自然に主人公の秀美君に惹かれていった。

そして冒頭の秀美君の言葉は、私に二〇一四年の出来事を静かに思い起こさせた。

目が覚めると、私はニュースになっていた。

SEKAI NO OWARIが国立競技場でのイベントに出演した時のことだった。ツイッターを開いてみると色んな声が寄せられており、大丈夫ですか？　と心配する声から、調子に乗るな、という叱責まで、様々な意見で埋め尽くされていた。

一体何が起きているのだろう……？

私は恐るおそるニュースを読み進めていった。そして、徐々に血の気が引いていくのを感じた。

「セカオワSaoriも激怒!?　ライブを座って見るのはアリ？　ナシ？」

ニュースのタイトルにはそう書かれていた。

事の顚末はこうだ。

それは国立競技場が取り壊しになる前の最後のイベントだった。私たちの他にも数組のアーティストが出演していて、ＳＥＫＡＩ ＮＯ ＯＷＡＲＩは二番目の出演を予定していた。

国立競技場のキャパシティは、六万席。

初めてのスタジアムライブであり、日本でも有数のキャパシティと伝統を誇る国立競技場での最後のイベントに呼んで貰えたということで、私たちはいつもより入念に準備をし、練習を重ねた上で、当日を迎えたのだった。

広大な客席を眺めながら、自分たちが演奏している所を想像する。本当にこの小さな椅子のひとつひとつにお客さんが来てくれるのだろうかと信じられない気持ちになりながら、私の胸の心拍数は上がっていった。

しかし本番。ステージに立つと違和感を覚えた。

あれ、何だか映像に迫力が無い？

ステージの後ろには巨大なＬＥＤスクリーンが設置されていたが、そこに映されている映像が予定していた画角より明らかに小さいのだ。どうしてそんなことが起きているのか分からず、私は動揺した。

準備をたくさんしてきたのに、どうして？　ただでさえ大きな会場で、一番後ろの席から見たら私たちなんて米粒くらいにしか見えないはずなのに、映像が小さくなってしまっている。

ライブが中盤になると、私はそのことしか考えられなくなっていた。口の中がカラカラに渇いて、何度も唾を飲み込む。

映像、どうしてこんなに小さいのだろう？　こんな小さな映像で、ちゃんと伝えられるのだろうか？

落胆のあまり投げ出してしまいたいような気分になってしまう。すると、遠くで私たちのバンドのタオルを掲げているファンの方々の姿が見え、ハッとしてピアノに目を向けた。

「……こんなに多くの人の前で演奏できて嬉しいです！」

私は何とかマイクに向かってそう言った。でも心の中は、アクシデントのことでいっぱいだった。

ちゃんと伝えられたのだろうか。映像は、最後列の人までちゃんと見えたのだろうか。

結局最後まで背後の映像のことばかり考えたまま、私はステージを降りた。背中で鳴る拍手が遠ざかっていくのが空しかった。

映像が小さく出てしまった原因は、簡単に言えばヒューマンエラー、すなわちスタッフによる連携ミスだった。ライブの度に執拗な程確認を行ってはいるけれど、それでもどこかでミスが出てしまうことはある。

スタッフは真摯に謝ってくれた。

一番の問題点は、お客さんの前で考えても仕方が無いことで頭がいっぱいになってしまった自分だった。

自分に対する怒りと悲しみが大きな薬の錠剤のように喉でつかえたまま、私はライブ後のインタビューを立て続けに受けることになった。

マイクを向けるインタビュアーたちは、嬉々とした顔を私に向けて次々に言葉を投げかけた。

「六万人の前に立ってどうでしたか？」

「デビューから四年で大躍進ですね！」

褒めて貰っているはずの言葉ひとつひとつが、傷口をえぐるように胸に突き刺さった。

アクシデントでステージに集中出来なかったにも拘わらず、私は取材中にたくさんの賛辞を浴びていた。

「最新作もオリコン一位。目覚ましい活躍ですね！」

「バンドの急成長、どんな気分ですか？」

そう聞かれることが苦しかった。

正直に自分はまだまだなんですと言ってしまえば良かったのに、私は咄嗟《とっさ》に
「嬉しいです」

と答えていた。

そんな情けない自分のことを許せなくて、その夜はなかなか眠ることが出来ずに、家のリビングでぼうっと座っていた。

そして私は、ツイッターを開いていた。自分が打ったツイートはこんな文章だった。

「殺気だってる。オリコン一位取っても、国立競技場でライブしても、こんな気分になるのか」

「こんな夜は、なんて叫んだらいいの。結果に出せないなら、なかったことと同じ。努力賞なんか要らない」

ツイッターに書いたら、気持ちが少しスッキリしていた。私はリプライを確認しない

まま携帯をオフにして、眠ったのだった。

そして数日後、私のツイートはニュースになった。

ツイートがそのままニュースになるというのは最近ではよくあることだけれど、そのタイトルは、自分の意思とは全く無関係のものだった。

「セカオワSaoriも激怒⁉ ライブを座って見るのはアリ？ ナシ？」

内容を読んでみると、私たちのバンドの演奏中にお客さんが席についたために、私が怒り心頭に発しているという記事になっていた。

？？？？

私は驚いた。実際のところ、ステージの上から六万人ものお客さんが一人一人立ったり座ったりしているのを確認することはなかなか難しい。

一体誰がこんな話を作り上げたのだろうか？

驚きもつかの間、私のツイッターアカウントにはニュースを読んだ人たちからのコメントがどんどん増えていった。

「不遜だ」

「別に演奏中に座っても良いだろう」

「天狗になるのもいい加減にしろ」

波のように押し寄せる敵意のある意見に対して、私は必死で言葉を探した。

違うんです、私の話を聞いて下さい。

ニュースに書かれていたようなことは、少しも考えていないです。

でも、どんな言葉を尽くしても更なる敵意を呼び寄せてしまいそうで、私は説明をすることが出来なくなってしまった。

「もうだめだ」

ツイッターを閉じて、私は暗くなったディスプレイを祈るように握りしめた。

もう、少しでも早く忘れてもらえた方が良いのかもしれない。

私にできることは黙ることしかなかった。そのくらい、「世間」という波は巨大で恐ろしかった。

日が経つにつれ、私のニュースは忘れられていった。

批判のコメントは無くなり、誰もその話をしなくなっていく。

でも私は、今でも誤解されてしまったことを、時々思い出すのだった。

世間は情報で溢れている。

不倫、汚職、芸能人のスキャンダル。テレビでは毎日のように誰かが糾弾されている。

確かに、必死で働いて払っている税金を、私腹を肥やすために使われていたりしたら

腹がたつ。不倫のニュースばかりを見ていると
「私がこの人の妻だったら絶対に許せない」

と言いたくなることもあるだろう。

でも、もう顔も見たくないと言われ、世間から追いやられるように糾弾された人々の中には、きっといろんな事情があったのだろうということを、私は考える。

まるで真実とはかけ離れた報道が出てしまった人や、恐ろしくて説明することすら出来なかった人もいるのだろうと、私はニュースを読みながらあの波を思い出すのだ。

『ぼくは勉強ができない』の主人公の秀美君は言う。

「ぼくは、自分の心にこう言う。すべてに、丸をつけよ。とりあえずは、そこから始めるのだ。そこからやがて生まれて行く沢山のばつを、ぼくは、ゆっくりと選び取って行くのだ」

サラバ！

母がなにか本を貸してと言うので、私は部屋の本棚をぐるりと一周見上げて考えた。さて、どれを貸そう。

私の部屋に本がたくさんあることを知っている母は、家にくると時々本を借りていく。こんなふうに私のおすすめを聞いてくることもある。

少し考えて、私は西加奈子さんの本を何冊か選んだ。

西加奈子さんの小説の中には、よく関西人の家族が登場する。『円卓』に出てくる家族も、『漁港の肉子ちゃん』に出てくる肉子ちゃんも関西人だ。そして私の両親も、大阪生まれ大阪育ちの生粋の関西人なのだ。

とりわけ私が好きな小説『サラバ！』の中にも、天真爛漫な関西の母親が登場する。母が『サラバ！』を読む姿を想像して、私はつい笑ってしまった。『サラバ！』では、母親がクリスマスプレゼントの為に娘の欲しいものを聞こうと苦心するシーンがあるが、頑なに「サンタさんにしか言わない」と繰り返す娘にしびれを切らして、母親はつい「サンタはおらん！」

と、娘の前で叫んでしまうのだ。

「サンタさんはいないのよ」

でもなく
「サンタさんは来ないのよ」

でもなく
「サンタはおらん！」

と母親は言う。

そこまで言わんでもええやろ！　と思わず私も関西弁で突っ込んでしまいたくなるシーンだ。

標準語の「いない」に比べて、ぐっと雑で突き放したような響き。それでいて、なんだかぷっと笑ってしまう暖かさのある関西弁の「おらん」。

西加奈子さんの本を母が読んだら、まるで自分を鏡で見ているような気分になるかもしれない。

「また随分と分厚い小説やなあ」

「きっと気にいると思うよ」

母は家から持ってきたお惣菜を入れていた紙袋に『サラバ！』の上下巻を入れて部屋を出ていった。

音楽スタジオも併設しているセカオワハウスと実家は車で二十分ほどの距離にあるので、母はご飯を持ってよく家に来てくれる。その日も味噌漬けにした魚や筑前煮、小松菜と油揚げの煮物を持ってきて、味噌汁まで作ってくれた。

絶対に二人しか食べないと分かっていても、母はいつも五人前くらいの料理を作って持ってくる。突然の来訪者があっても

「お腹空いてへん？　ご飯食べる？」

と誰にでも聞ける状態にしておかないと落ち着かないというのが母の性分らしい。関西人というのはみんな鞄に飴やお菓子を入れては、隣にいる知らない子供にまで配ろうとするような所がある。

母に本を貸してからも、まだ仕事が残っていた。新曲の為にピアノのフレーズを幾つか作ってしまわなければいけない。私は電気ストーブをつけて、キーボードにパソコンをつないだ。部屋が暖まっても、鍵盤はひんやりと冷たい。

私はピアノの音を録音しては消し、消しては録音することを繰り返した。長時間ヘッドフォンをしていると、耳が圧迫されて熱を持っていく。

ようやく三つ程のフレーズが出来てメンバーにデータを送信している頃、時刻は既に

深夜一時を過ぎていた。

　さあ、そろそろ終わりにしよう。

　一呼吸してみても、頭はまだ冴えていた。一度何かを始めると私の頭はなかなか休憩モードにならないので、温かい飲み物でも飲んでからベッドに入ろうと思い、ゆっくりとリビングへの階段を降りていった。

　すると、数人の声がリビングから聞こえてきた。

「ウワーーー！」

「一人になったら殺されちゃうよー！」

　声から察するに、どうやら深瀬が友人を呼んでホラー映画を見ているらしかった。深瀬はよく家に友だちを呼ぶので、リビングに行ったら色んな人がいる、ということは珍しいことではない。

　リビングの扉をゆっくりと開けると、電気が消されていて部屋は暗かった。数人の顔がテレビの明かりに照らされて白く光っている。

　ぼんやりと浮かび上がる怯えた表情。数人の顔、顔……その中に、なんと母の顔があった。

「イヤーー！　そっちに行ったらあかんて！　やめときて！」

　深瀬と深瀬の友人の中に、何故かひとり六十歳になる母が混じっている。

彼らと同じように絨毯の上に座り、彼らと同じように胸にクッションを抱え、じっと食い入るように画面を見つめている。

お母さん……？

呆然としていると母は私の姿を見つけ
「あら、まだ起きてたん？」

と、けろりとした顔で言った。

力が抜ける。お母さん、こっちのセリフやで。

母はホラー映画を最後まで見てから、深瀬の友人と互いに感想を言いあい、満足そうに実家に帰っていった。


二週間後、仕事を終えて帰宅すると再び母がキッチンにいた。母は持ってきた林檎を山盛り剝《む》いていた。

「この前借りた本読んだんやけど、面白かったわあ。でも『サラバ！』に出てくるお姉ちゃん、さおりの子供の時にそっくりやったよ」

「ええ？　あんなに滅茶苦茶やったかなぁ……」

母は何度も「ほんまにそっくりで笑ったわ」と言った。

両親とも関西人だけれど、私は二人のような関西人ではないと思う。

父のことを
「私のお父さんはやっぱり関西人だ」

と思ったのは、中学一年生の頃だった。

駅前にある小さな中華屋に行って、家族で外食をした夜のこと。

食事を終えて店の外に出ると頬に当たる風が冷たく、私はマフラーをきゅっと締め直しながら家族と並んで帰路についた。閑静な住宅街の中を歩いていると、どこかから犬の鳴き声がする。

家のそばにあるコンビニが眩しいほどに光っていた。父がアイスでも買って帰ろうと言うので、灯りの方へと歩いていく。

そこで私はハッとした。

コンビニの前には、学校一恐れられているヤンキーの鮫島先輩がいたのだ。

鮫島先輩は足を開き地面にしゃがんだスタイル、所謂《いわゆる》うんこ座りという体勢で、煙草を睨みつけるように目を細めながら、真っ白な煙を吐き出していた。

うわ、目を合わせないようにしよう……。私はさりげなく目線を逸らした。

少しでも気配を消したくて、足音が立たないように靴のかかとをほんの少し上げて歩いた。目をつけられている訳ではないけれど、それでも怖い。

もし顔を覚えられてしまったら、何をされるかわからない。

しかし私のささやかな努力は一瞬で無駄になった。

「にいちゃん、寒ないんか」

父が鮫島先輩のことを突然にいちゃんと呼んだ。

私は驚いて言葉を失ってしまった。に、にいちゃん⁉

何故だ。話したことも会ったこともないはずの父が、何故そんな呼称で先輩を呼ぶのだ。

ちらりと視線を向けると、確かに先輩は薄着で寒そうだった。先輩は白い煙を吐きながら
「寒いっすね」

と父に返事をしていた。

私は不安になって、急《せ》かすように父のニットの袖を摑んだ。寒ないんか、寒いっすね。それだけ聞くと、まるで俵万智さんの有名な短歌のような温かいやり取りにも思える。でも、相手は問題児の鮫島先輩と、ただ思ったことを口にしているだけの父。そんな心温まるストーリーになる訳がない。

そんな娘の気も知らず、父は喋り続ける。

「そやろ、もう冷えるからはよ家帰らんと風邪引くで」

「そうなんすけど、帰りたくないんすよ」

「そうかあ。まあ若いうちは色々あるやろなあ。でもうちょっとあったかい格好せななんぼなんでもその格好は寒いで」

「そうすね」

「身体気いつけや」

会話はそこで終わった。張り詰めていた空気が溶けて、ぶわっと身体に血が巡っていく。

父は何事もなかったように店内に入り、アイスのショーケースに向かっていった。右手にスーパーカップを持ち、左手にチョコモナカを持ちながらう～んと首を傾けてどちらにしようか悩んでいる父を見ながら、私は思った。

ああそうだ。私の父は関西人だった。

関西人は、思ったことをすぐに口にする傾向がある。一口に関西人と言っても色んな人がいるのは勿論だが、東京の人と比べると、頭と口が直結しているというか、ううんと悩んでいる時間が短いというか、とにかく思ったことをすぐ口にしているように見えるのだ。

父は長蛇の列を見れば

「みなさん、何を待ってはりますのん？」

と見知らぬ人に声をかけ、黒塗りの車がずらっと並んでいるのを見れば

「何でこんな小さな駅にヤクザがおるんやろ」

とヤクザにも聞こえかねない音量で呑気に声に出してしまう。

その度に私は驚き慌て、肝を冷やし、そして最後にはいつも気の抜けたため息を吐いてしまうのだった。

私がバンドでデビューすると伝えた時もそうだった。

お母さんお父さん、私のバンドのＣＤが出ることになったの。あちこちの店頭に並ぶんだよ。もしかしたらラジオやテレビで私の曲がかかるかもしれないんだよ。

私が興奮気味に伝えると、父は喜びと驚きが混じったような顔でえええ〜と何度も言い、母はほんまに頑張ってたから良かったなあと目尻をぬぐった。

でも、一呼吸置いてから急に真面目な顔をした父が口を開いた。

「しかし、俺のディーエヌエーのどこかにそんな才能があったんやろか？」

すると母がすかさず

「何言うてんねん、あんたちゃうわ！」

と言うのだった。

ああ、力が抜ける。
私の両親は、まるで西加奈子さんの小説に出てくる家族みたいなのだ。

花虫

いた。

　母親になるとはどういうことなのだろう。

　妊娠が分かってから、徐々に膨らむ自分のお腹を見ながら、私はそんなことを考えていた。

　理屈の上では子供を出産した瞬間から私は子にとっての親になり、母という存在になる。けれど、本当にポーンと子供が生まれてきた瞬間から
「ああ、母親になったのね」

と心から思えるものなのか、私は訝《いぶか》しく思っていた。

　今まで自分の身体に関わるものは、全て自分に所有権があった。髪を切るのも、排泄物をトイレに流すのも自分の自由だ。三十年あまり生きてきて、それが自分の身体においての当たり前のルールだった。

　しかし今回はなんと、自分の身体から自分のものではない生命体が出てくるという。私の身体にとっては、生まれて初めての吃驚仰天《びっくりぎょうてん》の事態だ。しかしそれも出産という過程を経ると、誰でもするりと飲み込めるものなのだろうか。

やがて臨月を迎え、その日がそう遠くない未来になってからも、私は自分が母親になった姿をなかなか想像することが出来なかった。

大きなお腹を抱えながら、私は彩瀬《あやせ》まるさんの『くちなし』の中から、「花虫」という短編を読んでいた。

時々ぽこぽこと動くお腹の子供に本を支えている腕を蹴られて、ハードカバーの本が揺れるのを楽しみながら、私はゆっくりと物語を読み進めていった。

すると、その中に子を持ったばかりの母親の気持ちについて書かれている部分があるのを見つけたのだ。

私は思わず、ページの端に折り目をつけて

「もうすぐ私にもこの気持ちが分かるのかも……」

と、お腹をさすってみた。

母になるとは一体どんな感じなのだろう。私の生活は、来る日も来る日も「母になるのは今日かもしれない」という緊張感で溢れていた。

スタジオへ足を運び、ピアノを録音し終えて、今日は何事もなく過ぎたとホッとして一日を終える。締め切りの原稿を書き終え、編集者からの返事を読んで、今日も平穏に終わったとホッとしてベッドに入る。

時々お腹がきりりと痛むと
「もしや、これが陣痛かもしれない」
と数秒止まって自分の身体を確認したりもしてみたが、最後まで仕事中に陣痛がくるようなことは起こらなかった。
そして待っていたかのように、全ての仕事を終えた後、予定日ぴったりに陣痛が来たのだった。

初産婦の平均出産時間は、十二時間前後だという。

それを聞いた時にはそんなにかかるものなのか、と驚いていたが、私も陣痛が来てからあっという間に十時間が経過していた。十時間というのはそれほど短い時間でもないはずなのに、時空が歪んでいるのかと思うようなあっという間の十時間だった。

陣痛を記録する機械が、時間が経つごとにどんどん大きな波を描いていく。ばたばたと助産師さんたちが部屋を出入りし、赤ん坊を置く台や検査をする器具が徐々に増えていった。

陣痛が始まって十二時間。遂にその時がきたことを、扉を開けて入ってきた医師の表情が告げていた。口の中が酸っぱくなって、私はごくりと唾を飲み込む。

今から私は母になるのだ。あと三十分、いや、あと十分くらいで、私は母になるかもしれない。でも、本当に母になんてなれるのだろうか。勿論、ならなきゃいけないのだけれど、でも、この瞬間から突然母になるなんて、やっぱりとんでもないことだ……。

「いきんで！」

医師の声とともに慌てて下腹部に力を込めると、身体の中からにゅるりと何かが抜け落ちた感覚があった。痛みというよりは、下半身を生ぬるいものが通過していったような感覚だった。

思わず目線を下腹部へと向けると、医師が赤黒い小さな塊を手に抱いている。これが、私のお腹の中から……？

呆気にとられていると、そのすぐあとに

「オニャアオニャア！」

という頼りない泣き声が聞こえてきた。

一瞬の出来事だった。思っていたより小さな産声だった。その声を聞いた瞬間に、心の底から守ってあげたいという感情が湧いて、私の頬には涙がぽろぽろと伝っていた。夫も母も同じように泣いた。医師がにっこりと笑いながら、元気な赤ちゃんですよ、と声をかけてくれた。助産師の方もみんな笑顔だ。平和で幸せな瞬間だった。

私は思った。母になるとはなんと穏やかで、優しい気持ちなのだろう。母になるとは、まるで凪の海のように伸びやかな気持ちなのだ。

大地をそっと包み込む風のように赤子を抱き、鳥の歌声を賛美するような声で話しかける。

こんにちは赤ちゃん。母になるとは、平和の象徴になることだと、そのときは無邪気に確信した。


しかし産後の可愛らしい「オニャア」という声は、次第に変化していった。「オニャア」は数日後には「オギャア」に変わり、そして遂には「オギャン！　オギャン！」と成長を遂げたのだ。

オニャアの三段活用。変化に伴い音量も上がる。こんなに小さな身体から、こんなに大きな声が出るなんて。感心していたのもつかの間、この「オニャア」の三段活用は夜眠る時間になると必ず現れ、私の身体を二、三時間おきに直撃した。

時間を問わず行われる、授乳、オニャア、授乳、オニャア、おむつの交換。それを繰り返す中で、お腹はいっぱいのはずだし、おむつも綺麗なのに、いつまでも子供が泣いてしまうこともあった。

これが平和の象徴か。

子供が産まれてから一ヶ月。私は眠れない日々を続けていた。

しかし不思議なことに、どんなに深く眠っていても、子供が「オニャ」と声を発しただけで私の目は覚めた。それがどんなに小さく頼りない「オニャ」でも、電気をつけたようにパチッと身体が反応し、ほとんど眠っていないにも拘わらず、私はすぐに起き上がって、頼りなげな顔をしている子供を抱きかかえているのだった。

子供が泣きそうになっている時、何もせずに見ていることなど出来なかった。

それは、赤ちゃんが可哀想とか、抱っこしてあげたいとか、そういう感情とは無関係に、そうせずにはいられなかった、というのが正しい。

泣き声はまるで警告音のようで、ずっと聞いていることなど出来ない程に不安な音に聞こえるからだ。

へその緒を切ったはずなのに、まだ私と赤ちゃんはどこかで繋がっている、と錯覚してしまうような感覚だった。

オニャアの最終形態の「オギャン！」にもなると、まるで部屋の中でエマージェンシーという赤いランプが点灯し、けたたましいサイレンが鳴り響いているようで、私は今すぐにこの状態から脱しないといけないというような気分にさせられた。

それなのにどうしてなのか、夫は子供が泣いていても眠ることが出来るようだった。

率先して育児をし、いつも優しい夫が、しかし夜になるとこの「オギャン！　オギャン！」の非常事態には全く反応せず、寝息をたてている。

こんな状態で寝ていられることが信じられなくて、私は初めとても悲しい気持ちになってしまった。どうしてなのか理解できず、夜中一人で途方にくれる日もあった。

でもそのうちに、本当に泣き声を聞いても目が覚めないのだと知って、私は自分に母親としてのシステムが備わっていたのだということに気づいたのだった。

母親になるとは、赤ん坊の世話をせざるをえなくなることなのかもしれない。赤ん坊がすぐに死んでしまわないように、泣いたまま放置されないように、母親はどんなに疲れて眠くても、目が覚めるように出来ているのだ。

何とも上手く出来ている。人体の不思議としか思えない。人類はこのようにして種を脈々と受け継いできたのか、と納得させられたような気がして、私は息をついてベッドサイドに置いてあった本を取った。

時刻は朝の五時を過ぎていた。こんな時間にふと本を開きたくなるのは、自分の気持ちを肯定してほしいからかもしれない。

我が子は可愛くて、とても幸せだけれど、母になったばかりでくたくたになっている自分の気持ちを。

ああ。私は本を開いて、何度も頷いていた。

入院中にはまだピンときていなかった言葉が、今度は温度や触感を持っていた。

「なによりもすごかったのが赤ん坊の泣き声だ。アア、と私の体の真芯を揺さぶり、早く泣き止ませなければと火のような焦燥感を掻き立てた。息子が少しぐずっただけでも、私は体に妙な薬でも流し込まれたみたいに呼吸がうまくできなくなり、動悸がして、不安に駆られ、どれだけ疲れていても立ち上がって世話せずにはいられなかった。不思議なことに息子の泣き声の魔力は、泣かせたまま平気で眠っていられるユージンには効かないようだった」

（彩瀬まる「花虫」より）

次第にうとうとし始めて、私はぱたりと本を閉じた。ようやく眠れる、と思いながらゆっくりと目を閉じる。一日、あっという間だった。瞼の裏に、ほんの少し大きくなった我が子の成長を思い浮かべる。

すると隣から「オニャア」という泣き声が聞こえてきたのだった。

武道館

書店で一番まぶしい場所は、単行本の棚だ。

本には大きさが大きく分けて二種類あり、文庫本と単行本という分け方をされているが、私はいつも眩しさに吸い寄せられるようにして、店の一番前に平積みされている単行本の前で足を止めてしまう。

色とりどりの表紙が並んでいるのは、ケーキ屋の店先にいるようなものだ。ショートケーキ、チーズタルト、チョコレートムース。

私は心の中で指をくわえるようにしてじっと眺めてから、ようやく一つを選ぶ。ショーケースの中へ並べられたケーキが、どれも違う輝きで私を惑わすように、単行本にも個性があるのだ。

例えば本によって表に使われている紙が違うので、手にした時の感触が一つひとつ違う。ざらざらしているもの、つるつるのもの、凹凸のあるもの。それにページをめくれば中に綴じ込まれている紙も一つひとつ違うし、タイトルに使われている書体も違う。

さらにカバーを外せば、新たに表紙も現れる。それはカバーより大人しいデザインであることが多く、アピール抜きの素朴な姿がそこにあるようにも見える。

それらを指でなぞりながら、どんな話が書かれているのか想像する。人差し指と中指で紙を撫でていると、早く全部を知りたくて落ち着かない気分になる。

面白そうだなあ、どれにしようかなあ。今日は二つ買っちゃおうかなあ。

そんなことを考えながら立ち止まる、この時間がとても好きだ。

とはいえ文庫の方が値段も安く、持ち運びやすいサイズである為機能として優れているのは間違いない。もっと言えば、何千冊も持ち運ぶことの出来る電子書籍ならば、圧倒的に利便性も良い。

それでも私が単行本の棚で足を止めてしまうのは、もしかすると値段が安くなくて、持ち運びにくくて、一つひとつばらばらの大きさだからかもしれない。

自分へのご褒美の為に買っていた文庫本より大きな表紙。ずしりと重みがあるのを確認しながら、通学用の鞄にしまうのが嬉しかった。

非効率であることは、必ずしも悪い訳ではない。

人は手間や時間やお金がかかるものの方が、簡単に得られたものよりも愛しい時があるのだ。

それはおそらく、音楽を聴くことにも当てはまるだろう。

ＣＤ文化は年々衰退し、今や時代はストリーミング配信に移行しようとしている。

それはそれで今のライフスタイルに合っていて、正しいと思う。しかし実際のところ違法の音楽サイトで無料で聴かれている数の方が多いかもしれない、というのが現実だ。

このままオンライン上で無料で聴かれている状況が続けば、アーティストやレコード会社に入るお金が減り、音楽文化は衰退するだろう、とまでも言われている。それには私もミュージシャンとして危機感を覚えている。

多くのミュージシャンが常にお金の心配をしながら音楽を制作したり販売したりすれば、衰退すると断言しないにしても、変化は必ず訪れる、と思うからだ。

変化していくのは、音楽文化そのものや制作している側だけではないだろう。音楽に手間や時間やお金を投じなくなった時、人々は必ず何かを失う。

そしてそれはもしかしたら、自分が大切にしてきた記憶のようなものかもしれない、と思うのだ。

私が初めてＣＤを買いに行ったのは、十一歳の時。
ＫｉｎＫｉ Ｋｉｄｓのデビュー曲『硝子の少年』をテレビ番組で聴いて衝撃を受けた私は、誕生日に祖母に貰ったお金を握りしめ、生まれて初めてＣＤショップへと向かった。

ＣＤショップは、今まで自分が行ったことのあるどんなお店とも違っていた。おもちゃ売り場にあるような子供向けのポップはどこにも無く、デザインは洗練されていた。ぴかぴかの透明の袋に入ったＣＤが並ぶ店頭で、私は細長いＣＤのパッケージを一つ手に取った。

今はＣＤシングルも正方形のジャケットの中にアルバムと同じ大きさのディスクが入っているが、その頃はＣＤシングルのジャケットといえば長方形だった。ディスクも今より一回り小さい。

私は緊張しながらレジへと向かった。

ジャケットに写っているＫｉｎＫｉ　Ｋｉｄｓの堂本光一さんと堂本剛さんを眺めていると、二人がこのジャケットの中に住んでいるんじゃないかとさえ思えてきた。実際にこの世に生きているとは、とても思えない。

光一、やばい、超格好いい。

特に光一さんのファンだった。私は小学生の頃、どうしてなのか長髪の男性に惹かれることが多かった。長髪という理由で、ＳＨＡＺＮＡのＩＺＡＭさんのことも好きだった。男性が長い髪を肩の上で揺らしているのが、小学生の私の核心をついたのだ。

写真に見とれている間に前の人の会計が終わっていて、私は慌ててレジに長方形のＣＤジャケットを差し出した。手に汗をかいているせいで、透明の袋が湿っていた。

大切に持ち帰ったCDは、祖母の家で開いた。表紙のぺらぺらの紙をめくると、中に小さな宇宙船がはまっていた。手のひらサイズの銀色の円盤が、蛍光灯に当たって七色に光る。私は壊さないように大切に取り出してから、静かにプレイヤーに載せた。再生ボタンを押すと、音楽が始まるまでに少し空回転するのが、宇宙船が飛び立つような音に聞こえた。二人の歌声を、手に持っている歌詞カードを見ながら追っていく。

ぼくの心はひび割れたビー玉さ　のぞき込めば君が逆さまに映る
Stay with me　硝子の少年時代の破片が胸へと突き刺さる

なんて格好良いんだろう。小学生の私は、夢中で歌詞の意味を考えながらCDを何度も聴いた。

「嘘をつくとき瞬きをする癖が　遠く離れてゆく愛を教えてた」という歌詞が、どういう状況なのか当時の私には理解できなかったが、何となくアダルトな意味を含んでいるような気がして、近くにいる祖母に意味を聞くことが出来なかった。

「くちびるがはれるほど囁きあった」「絹のような髪にぼくの知らないコロン」

歌詞に書かれていることは自分の人生には遠い世界であるはずなのに、何故だかドキドキと胸が鳴った。知ってはいけない世界を覗いているような気分だった。

何度もプレイヤーの中へセットしては擦り切れるほど小さな円盤を回したはずなのに、蓋をあけて覗くとCDはちゃんとぴかぴかで、いつまでも真っさらな宇宙船のままだった。そのまま空に飛んでいきそうだ、と思いながら、私はCDを何度も回した。

それは大人の世界へと迎えに来た、小さな宇宙船だった。


「お金を払うって、自分が何を欲しがってるのか、自分が何だったら満足するのか、すげえ考えるしすげえ選ぶってことじゃん。金も払わないで、何でもある中から手に取り続けてたらさ、そりゃ、自分がどんなヤツかってわかんなくなるよ。金払ってなかったら、期待外れのモンでも、まあいいかってなっちゃうし。めっちゃ良かったモンでも、ラッキー、くらいだし。どっちも同じくらいの距離にあるっつうか」

（朝井リョウ『武道館』より）


確かに無料でも手に入ってしまうものを得られるのに、わざわざ有料の方を選択するのは難しい。

ワンクリックで手に入るのに、労力をかけて店に足を運ぶのは非効率に思えるかもしれない。

今や手間や面倒は、あえて選ばなくては手に入らないものになっている。

それでも、本屋に行き、単行本のコーナーに足を運び続けるのは、小学生の時に買ったＣＤの思い出を今でも大切に思うからだ。硝子の少年時代の破片は、確かに私の胸に突き刺さっている。

詩羽《しいは》のいる街

「本人は意識してないけど、人間はみんな頭の中にＢＧＭが流れてる。その場にふさわしいと、その人が思ってるＢＧＭ。沈みこんでる人は悲しい曲。浮かれてる人は明るい曲。だから、同じ時、同じ場所で、同じものを見ていても、そこから受ける印象は人によって違う」

（山本弘『詩羽《しいは》のいる街』より）

私は『詩羽のいる街』に出てくるこの台詞を読んで、思わず膝を叩いて「そうか！」と言わざるを得なかった。

私は気分を変えるのがどうも苦手だ。一度感情に支配されてしまうと、そこから抜け出すのにいつも苦労している。

今はそんなことを考えても仕方ない、考えるだけ時間の無駄だと頭ではしっかり理解しているはずなのに、気づいたら何時間も怒ったり、悲しんだりしてしまっている始末なのだ。

　例えば、朝起きた瞬間に嫌な気分になっていることがある。

　パチンと目を覚ました瞬間に、肺のあたりに泥のようなものが漂っていて、上手く息が吸えないのだ。

　ベッドの上で呼吸を整えながら、これは一体どうしたことかと胸に手をあてて考え
（ああ……もしかしてあの事がずっと心につっかえているのかな……）

　と泥の正体に目星をつける。

　でも、それは大体の場合今考えても仕方のないことばかりなので
「なんだ、どうでもいいことを思い出しちゃったなあ」

　と一蹴してしまえばそれで済む。

　しかし私は数年前に自分のことを書かれたネットニュースを思い出して
「何も調べずにあんなに適当なことを書くなんて酷い！」

　と急に怒ったり、随分前にやったライブのことを思い出して
「あの時のＭＣはちょっとダサかったかもしれない」

　と落ち込んだりしてしまう。

　そういう時には確かに頭の中にＢＧＭがかかっている。無意識のうちにボリュームのツマミが上がり、ただ目を覚ました瞬間にふと思いだしただけのささやかな怒りが大音

量で再生されてしまうのだ。

頭の中にBGMがかかっているのだとしたら、きっと私は怒っている時により怒りが増す曲を、落ち込んでいる時により沈み込んでしまう曲を頭の中でかけてきたのだと思う。

怒っている時、恐らく私は何度もマリリン・マンソンの『The Fight Song』を頭の中で再生してきた。

灼けるような怒りと決意を歌ったこの曲の中で、マリリン・マンソンはこんな歌詞を叫ぶように歌う。

I'm not a slave to a world that doesn't give a shit
(俺は、俺のことをどうでもいいと思っている世界の奴隷なんかじゃない)

彼がこの部分を歌う時の喉が切れてしまいそうな声を聞くと、私は思わず
「そうだそうだ！」

「私だって奴隷なんかじゃないぞ！」

と手を上げて賛同したくなってくるのだ。

ネットニュースに平然と身に覚えのないことを書かれた時、私は怒りの炎にこの曲をくべ、もっと激しく火の粉が舞うように燃え上がらせていたのだろう。

『The Fight Song』を聴き続けると、マリリン・マンソンが命を削るように何度も Fight

と叫ぶ部分に突入するが、その声に背中を押されていると、虚偽を書いたライターに対して
「こんな糞みてえな奴らに負けるか！」

という気分にもなってくる。

糞みてえな奴、という言葉を普段口で言うことなどないのに、彼の歌声を聞いていると口調まで変わって物事を考えてしまうから不思議だ。

冷静な時の私なら、幾ら酷いことを書かれても
「他人の気持ちの分からない人なのね」

くらいで終わっているはずなのに、彼の音楽は私の性格を変える程興奮させてしまう。

落ち込んでいる時には、きっとニルヴァーナの『Something In The Way』を再生していた。

暗い曲の多いニルヴァーナの中でもひときわ暗いこの曲を聴いていると、饐《す》えた匂いのする路地裏や、黴《か》びたコンクリートの匂いがする地下など、衛生的ではない場所が頭に浮かぶ。

そんな場所で、ニルヴァーナのボーカル、カート・コバーンは何度も繰り返し歌うのだ。

Something in the way
（何かが俺の道を塞いでいる）

と。

その声は、まるで絶壁の上から荒れた海を見下ろしながらぽつりと呟くようで、私は自分のライブを思い出しながら
「どうしてあんなMCをしてしまったんだろう」

「調子に乗ってると思われたかもしれない」

「ああ、恥ずかしい。緊張していただけなのに、どうして私はいつも上手く話せないんだろう」

と自己嫌悪に陥り、最終的には
「そもそも自分に才能なんてないのに、才能があるフリをしてここまできただけだろう。お前は偽物なんだ。いつ自分が偽物と気付かれるか怖くて、いつも怯えている癖に」

と、自分に対して過剰とも思える誹謗中傷を浴びせてしまうのだ。

二曲とも学生の頃から大好きな曲だ。けれど、もうこれ以上怒ってしまいたくない時に頭の中でマリリン・マンソンの歌声を流したら興奮してしまうし、落ち込んでいる時にカートの歌声を聴いたらやっぱり暗くなってしまう。

怒っている時に、冷静になれるようなBGMが鳴らせたらいいのに。落ち込んでいる

時に、希望が持てるような音楽を頭の中でかけることが出来たらいいのに。

　そうできれば一番いいのはわかっている。まるでジュークボックスのダイヤルを回すように、怒りで熱くなろうとする心を穏やかにすることができれば苦労はない。

「そうは思わない？」

　本を読みながら、私はバンドメンバーであるＤＪ ＬＯＶＥに話しかけた。

「う〜ん。俺、そもそも怒ったり落ち込んだりすることがあんまり無いからなあ」

「確かに……」

　思い返してみれば、彼とはもう十年以上の付き合いになるが、怒っている所も、落ち込んでいる所もほとんど見たことがない。

　どんなにピリピリしている現場でも、陽気にけん玉の技を披露出来る彼の頭の中では、いつも被っているピエロのマスクに相応《ふさわ》しい音楽が流れているのかもしれない。

　ライブパフォーマンスのことをきつく注意された直後に、どのラーメンを食べに行くかわくわく出来るのは、恐らくハッピーな音楽が頭の中にかかっているからだろう。

「人間はみんなそうだよ。スイッチをちょっと切り替えるだけで、殺人鬼にも放火魔にもなっちゃうの。だったら、逆方向に切り替えることもできるんじゃないのかな？」

（『詩羽のいる街』より）

流石ＤＪと名乗るだけのことはある。私にはまだ、シリアスな場面でスキップしたくなるような曲をかけるなんて芸当は出来そうにもない。

彼のように頭の中の音楽を切り替えられるようになるには、時間がかかりそうだ。本を読みながら、私はほんのちょっぴりだけラブのことを尊敬した。

悪童日記

高校生になったばかりの私は、初めて買ったスケジュール帳をいつも大事に持ち歩いていた。

どのスケジュール帳にするのか悩んだ末に決めたのは、布地で出来た表紙にお洒落な英字が書かれているもので、私はそのスケジュール帳にとにかく色んなことを書いていた。

学校の時間割からピアノのレッスンやアルバイトの日程、宿題の期限。それだけなら通常通りの使い道だが、私はそこに見た映画のタイトルや気になった音楽、美味しかった食べ物、そして自分の気持ちまで後から書き足していた。

それは、単純にスケジュール帳を何でも良いから埋めたかったからだ。子供の頃、ビジネスマンのような真っ黒なスケジュール帳は憧れだった。

私はそこまで忙しい訳ではないのに、さも忙しいかのように要らない情報をどんどんスケジュール帳に書き込んでいった。誰かに見せる訳ではないけれど、ぱっと見て何が書いてあるか分からないほど文字が書き込んであるのを見ると満足した。

家に帰ってすぐにスケジュール帳を開くことも多かった。予定を確認するためではなく、今日の出来事を記録するために机へ向かう。

例えば大学受験を目指している二〇〇四年の一日には「今日はハイドンのソナタを弾いていたら、先生に『蠟人形みたいな演奏ね』と言われた。受験の為にピアノを弾いていることが、音に出ているのかも」

大学に入って、ピアノ講師のアルバイトをしていた二〇〇七年の一日には「新しくピアノを教えることになった生徒は四歳。レッスン中に『私ブリッジ出来るんだよ』と言われ、『すごいね』と言ったら、レッスンの間ずっとブリッジをしていた」

当たり前だが、スケジュール帳は、予定を確認するという本来の機能を失っていった。重要であるはずの時間や場所といった情報は、今日は学校に遅刻しただの、ピアノの発表会でミスタッチが多かっただのという後から付け加えられた情報で消えかかり、まるで古文書に羅列された文字の一部のようになった。

その代わりに、スケジュール帳はいつの日からか日記として機能するようになっていった。

ある日には「生きる希望が見つからない」と殴り書き、ある日には「来週のディズニーランドが楽しみで仕方がない」と書いて語尾にハートをつける。

大声で怒鳴ってしまった日のことを「エイリアンに脳を乗っ取られて勝手に喋られて

いるようで、止め方が分からなかった」と反省し、バンドを始めた頃の日々を「とにかく孤独だ」と綴る。

日記を読み返すと、たった数日前のことでも、今の自分とはまるで違う反応をしていることも多かった。必要以上に傷つき苦しんでいる姿が、全くの他人のように感じることさえあった。

自分は思っているより自分を把握していないのだろうか？

それは刺激的な問いだった。やがて私はスケジュール帳の小さな枠線を出て、本格的に日記を書こうと決めた。

日記をつける時には、途中からルールを設けることにした。

一番大切なルールは、感情が昂ぶった時はなるべく早く素直に文章にするということ。例えば、喉から内臓が出てしまいそうな程誰かに対して怒りを感じたら、「あんなやつ、いつか報いを受ければいい」と書いてみる。そんなことは、絶対に口に出して本人には言えない感情だとしても、感じたことをそのまま書くことで、自分の感情がピークに達した時の思考回路を知ることが出来る。それは、強い怒りや悲しみを感じた時に、普段の自分とどのくらい感じ方や考え方が変わるのかを知る良いデータになっていく。

反対に、幸せを感じた時も同じようにする。恋に浮かれている時も、仕事の成功を喜んでいる時も、よく眠れた日の朝の気分も、感じたそのままの言葉で書く。「今すぐに電話したい気持ちをもう二日も我慢している！」も、「頑張ってきたことが、やっと報われた」も、「久しぶりにゆっくり眠れて気持ちが晴れやかだ」も平等に書く。

私はどちらかというと、自分をコントロール出来ずに苦しい時の方が日記を書きたい！という気持ちに駆られ、ふかふかのお布団で昼まで眠るような幸せを書くことをつい後回しにして、忘れてしまうことが多い。

でも、自分を把握する上ではむしろぽかぽかと心が温まるような感情の方を残しておいた方が良いことが多い。悲しみや怒りに比べて、幸せの輪郭はぼんやりとしていて記憶に残りにくいと思うからだ。そんな柔らかいものを頭だけに残しておくと、後からやってきた別の感情に染められてあっという間に改ざんされてしまうことがある。

ところが私のルールとは全く反対のルールで書かれた日記がある。

アゴタ・クリストフの『悪童日記』に出てくる双子の少年たちは、過酷な日々を生き抜くための手段の一つとして日記を書いているが、彼らの決めたルールについて本文にはこう書かれている。

「たとえば、『おばあちゃんは魔女に似ている』と書くことは禁じられている。しかし、

『人びとはおばあちゃんを〈魔女〉と呼ぶ』と書くことは許されている。

『〈小さな町〉は美しい』と書くことは禁じられている。なぜなら、〈小さな町〉は、ぼくらの目に美しく映り、それでいてほかの誰かの目には醜く映るのかもしれないから。

同じように、もしぼくらが『従卒は親切だ』と書けば、それは一個の真実ではない。というのは、もしかすると従卒に、ぼくらの知らない意地悪な面があるのかもしれないからだ。だから、ぼくらは単に、『従卒はぼくらに毛布をくれる』と書く。（中略）

感情を定義する言葉は非常に漠然としている。その種の言葉の使用は避け、物象や人間や自分自身の描写、つまり事実の忠実な描写だけにとどめたほうがよい」

（アゴタ・クリストフ　訳＝堀茂樹『悪童日記』より）


確かに、『悪童日記』には、「と思った」という記述がない。感情を書かないという点では、私のルールとは正反対と言えるかもしれない。彼らはこのルールの通り、恐ろしい程にどの角度から見ても真実になる言葉を選び抜き、少しでも正確さに欠ける言葉を排除して日々を綴っている。

でも、読んでいると彼らの言葉が冷静であればある程、私の日記が感情的であればある程、彼らと私の間で、日記を書く上で共通していることもあるような気がするのだ。それは、多面的に物事を見よう、という試みなのではないかと思う。

悪いことが続き、思い詰めてしまうような出来事が起きると、私は十五歳から書き続けてきた日記を開く。

例えば作詞作曲が上手く出来ず、自信を失った時には

「このままではバンドに自分は必要なくなるだろう。そしたら、海が見える旅館で住み込みで働きながら生きるのもいい。音楽以外の道で生きることは、自分を否定することじゃない」

と書いている。後から読み返すと、最終的には曲が完成してホッとしていることが分かるので、たかだか数ヶ月のスランプで大騒ぎしすぎだ、と思う。しかしこれを書いている時の自分は本気でバンドをクビになるかもしれないと危惧しているし、もしそうなったら音楽をやめて海辺に行くことをかなり真面目に考えている。

まともに眠れないことが続いた日には

「朝日が部屋に入ってくると、自分の身体が焼けそうな程苦しい」

と始まり、最終的には

「ホームに立っていると、ふと『もうこのまま電車に轢《ひ》かれてしまいたい』という気持ちになる」

と消えてしまいそうな字で書いている。

確かに私は子供の頃から眠れない日が多かったので、一週間くらいまともに眠れないというのは何度も経験したことがある。

眠れない日々は、窓のない真っ暗な部屋の中で、一つしかない鉄の扉を閉められてしまったような感覚に近い。一度そこに閉じ込められてしまうと、恐怖のあまりこの先ずっとここから出られないのだと思い込んでしまうのだ。

でも、日記を見るとどうやら一ヶ月のうち一日も眠れなかったことは人生のうちで一度もないのだということが分かる。

希望が持てない状況に陥るとそれが永遠に続くと思ってしまう私を、日記が救ってくれることは多い。

眠れなかった夜だけではなくて、眠れた日の数を数えることができる。それだけで一時の感情に自分を揺さぶられてしまわずに、強くなることができる。確かに人より眠れない夜は多いが、眠れない恐怖に囚われているあまり、眠れた日の記憶まで無くなってしまっていることも分かる。私の感情的な日記は、眠れない恐怖から立ち直る多面的な視野を与えてくれる。

『悪童日記』の双子の少年たちにとっても、日記は自分たちを支える鎧《よろい》であり、武器だったのではないだろうか。

全ての感情が永遠に続くことはない。

私が希望を失っても、私が私自身のことさえ失いそうになってしまっても、日記は教えてくれるのだ。

その絶望が永遠に続くことはない、と。

空っぽの瓶《ボトル》

私は自分のことを、物心ついてからはいつも「わたし」と呼んできた。わたしは、ピアノを習っています。わたしは、五人家族です。わたしは、大阪で生まれました。そんな風に。

小さい頃に「さおりちゃんはね」と名前で自分を呼ぶこともなければ、関西出身だからといって自分のことを「うち」と言うこともなかった。私の一人称はいつも「わたし」だった。

でもある日、自宅に届いた自分のインタビューが載った雑誌を読んでいたら、私の主語が全て「あたし」という表記になっていたことがある。

私は口元に手をやりながら、ページをめくっていった。

「あたし」という一人称が出てくるたびに、眉間に力が入る。掲載されていたのは伝統ある音楽雑誌で、バンド活動についてのインタビューだった。

「あたし」という主語で語られたインタビューは、こんな調子だ。

――あたしはバンドを始めてから、自分の存在価値に自信が持てなくて、いつかクビになるんじゃないかと思っていたんです。

――でも今考えれば、それがあたしのモチベーションだったのかもしれない。良いものが出来た時に、あたしもちゃんとバンドの一員として、堂々と立てるようになりたい。

――あたしもちゃんとどうだ！　って思えるあたしになりたい。


ただ「わ」が「あ」になっているだけなのに、それはまるで別の女の子が喋っているように見えた。

「あたし」という主語でバンドのストーリーを語るこの女の子は、「わたし」より性格が明るくて、たぶん「わたし」よりほんの少し日に焼けていて、「わたし」より体重も五キロくらいは重そうな感じがした。

「わたし」よりよく笑い、「わたし」より面白いことをやって人を笑わせることも出来そうだ。

たった一文字のことなのに、こんなにも「わたし」と「あたし」という人格が違うように見えることに驚いた。

私は誌面で話している架空の「あたし」に押しつぶされそうな息苦しさを感じて、すぐに編集者に連絡した。

「私の一人称は、『わたし』って書いて下さい。私、自分のことを『あたし』って感じがしないんです。細かいことかもしれないけど、自分が言った言葉のはずなのに、別の人の言葉みたいに感じたんです」

編集者はすぐに理解してくれたが、私は改めて自分の一人称について考えさせられることになった。


そもそも日本語には、とても多くの一人称代名詞がある。

「俺」「僕」「自分」「わたくし」「うち」「あたい」「儂《わし》」……「わらわ」や「あちき」など、漫画や時代劇でしか使われていないようなものも含めるとその数は膨大になるが、改めて考えてみるとその全てにキャラクターがあるのだ。

例えば「僕」より「俺」の方が肉食的な雰囲気があるとか、「わたくし」と言う女性は裕福な家庭に生まれている感じがするとか、「儂」と名乗る人は大体八十歳は超えているだろう、とか。

私たちはその中から自分を称する言葉を選んで、その一人称にふさわしい人格でいようとする。膨大な数の一人称代名詞があるとは言っても、多く使われているものは限られているので、今では女性なら「わたし」か「あたし」を使い、男性は「僕」「俺」、もしくは「自分」から選んでいる。

一般的な一人称以外を選択していると——例えば女の子が自分のことを「僕」と言ったり、男の人が「あたし」を使ったりすると——そこには意味が生まれる。

例えば、大人の男の人が「あたし」と自分のことを呼べば、大抵の人は彼がセクシャルマイノリティだと思うだろう。

そうすると、ただ一人称を使うだけで、自分のセクシャリティをカミングアウトしなくてはいけないことに繋がってしまう。

日本語にそんな問題があることを、私は大人になるまで気づかなかった。気づかないまま、当たり前のように「わたし」というごく一般的な一人称を使い続けてきた。

外国語にはそんな選択をせずに、自分のことを呼ぶことの出来る言葉がある。英語なら「I」、中国語なら「我」、そしてドイツ語なら「ich」（イッヒ）だ。

「自分を呼ぶ際の問題も、わたしの視野から消えた。なぜならわたしはヨーロッパに移住し、もう性の問題について頭を悩ませる必要のない『イッヒ』という言葉を見つけたからだ。『イッヒ』は特定の性を持つ必要がなく、年齢も地位も歴史も行動パターンもキャラクターも必要ない。誰もが自分を『イッヒ』と呼ぶことができる。（中略）この言葉は余計な情報を付け加えることなく、単に話者だけを指しているのだ。（中略）この言葉のように軽くて空っぽな自分を感じたかった。わたしは話したかった、つまり、自分の声で空気に震動を送り出したかった。自分がどちらの性に属するかなど決めずに」

（多和田葉子　訳＝松永美穂「空っぽの瓶《ボトル》」より）

私は「空っぽの瓶」を読みながら、自分を「イッヒ」と称することが出来たら、私の性格は違っただろうかと、机に頬杖をついた。

例えば、ひとりぼっちで心細い時に自分のことを「僕」と呼びたいことはなかっただろうか。

虚勢を張って物事を伝えたい時に、自分のことを「あたい」と呼びたかったことは無かっただろうか。

そんな時にもし「イッヒ」と称することが出来たら、私は「わたし」に縛られることなく、物事を伝えられたのだろうか。

言葉は、物事に線を引く為に生まれたものだ。線を引くことで、物事を分かりやすくする為に。強いのか弱いのか。愛しているのか無関心なのか。大人なのか子供なのか。

私は、「わたし」という言葉で引いた線をもう一度なぞってみた。

「イッヒ」より狭い枠で区切られた「わたし」。分かりやすくする為に引かれた「わたし」。今後も一生使っていく一人称の「わたし」。

私は今、「わたし」と対峙することで、自分も気づかなかった自分と対峙している。「わたし」は私に問いかけているのだ。「貴方はどんな人なの？」と。

フェミニズム批評

子供を産んでから、働くことへの罪悪感があった。

どんな仕事をしていても「子を置いて」という枕詞がつき、自分は駄目な母親なのではないかという疑問が付き纏っていた。

あんなに幼い子供を預けて、母親が働きに出ても良いものなのだろうか。

後ろめたさから、仕事をしていることを世間に隠していることすらあった。

実際のところ、私は産後二ヶ月で仕事に復帰していた。

二ヶ月というのは、平均的な育休期間に比べるとかなり短い。

所属するバンドの事務所やメンバーからは、体調をみながら大丈夫になったところで復帰すれば良いと言われていたけれど、私の体調はとても順調で、二ヶ月が経つ頃にはほとんど妊娠前と変わらない状態になっていた。

全く運動をしなかった妊娠期間のせいで、やや体力が落ちたとは感じていたが、体重が少し増えたことで妊娠前よりよく眠れるようになったという利点もあり、私は概《おおむ》ね元気だった。

これなら頑張れそうだ。

そう思えた時に、仕事をすることを応援してくれたのは、夫や母などの家族たちだ。

「貴方にしか出来ない素晴らしい仕事だから、頑張りたかったら頑張ったらいいよ。幾らでもサポートするからね」

そう言って背中を押して貰って、私は久しぶりに家の扉を一人で開けてリハーサルスタジオへと向かった。一ヶ月後には全国ツアーを控えていたので、その練習をする為だ。

すると、久しぶりに会ったスタッフから第一声に
「子供は大丈夫なの？」

と聞かれたのだった。

大丈夫とは、どういう意味だろう。

私は突然胸に刺さった矢のような質問を、引き抜くことが出来ずに立ち止まった。

大丈夫とは、そんなに小さな子供を置いてきて大丈夫なの？　という意味だろうか。

母親がそばにいなくて大丈夫なの？　という意味だろうか。離れていたら母乳をあげられないけど、大丈夫なの？　という意味だろうか。大丈夫の意味を考えるたびに、胸から血が流れていった。

私は、勿論子供のそばにいたかった。日に日にぷくぷくになっていく手足をいつまでも見ていたかったし、凄いスピードで成長する姿を一秒も逃さず見ていたかった。母乳

だけで育てられたらと、我が子をじっと見つめて考えた日もあった。

でも、仕事も大切だった。誰にも代われない仕事に就いて、待っていてくれる人たちがいて、頑張りたいことがたくさんあった。

デビューしてから休むことなく進み続けて、やっと手にした状況だった。

悩み抜いた末に、夫や家族たちの力を借りて、メンバーやスタッフたちに助けてもらいながら、ステージに立とうと決めたのだった。

それでは、私の子供は「大丈夫」ではないのだろうか。

ただ子供のことを聞いただけで、そんなに深い意味で聞いた訳じゃないよ、と苦笑いをする人もいるかもしれない。でも、世間ではあまりに早く産後に仕事復帰すると非難されることがあるのだ。子供を持つ女友だちと話していても、ふいに
「母親の代わりは、誰にも出来ないからね」

と言われることがある。

同世代の働くお父さんは
「子供はママが一番なんだよ」

と言っていた。

母乳は赤ちゃんにとって一番の栄養なんだよと諭されたり、そんなに早く仕事に復帰

したら赤ちゃんが可哀想だわ、と心配されることもあった。

子供にとって、確かにママは特別な存在だろう。でも、パパだって同じだけ特別な存在であるはずなのに、子供が産まれたばかりの男性が働きに出ていても
「子供は大丈夫なの？」

と聞かれないのは、どうしてだろうか。

早期復職を非難される理由は、他にもある。有名人が産後の早期復帰を美談として語ると、世間的に育休が取りにくくなってしまう、という理由だ。

例えば有名な女優が「二ヶ月で復帰しました」と言うと
「なんだ、出産も育児も大変だって聞いていたけれど、すぐに復帰出来るんじゃないか」と上司に言われる人がいるかもしれない。

「あの人は数ヶ月で復職出来るのに、どうして貴方は出来ないの」と同僚に当たられる人がいるかもしれない。

「彼女は仕事をしながら育児もしてるんだから、お前もパートくらい出来ないのか」

と夫に言われ、子供との時間を過ごせなくなる人がいるかもしれない、ということだ。

確かに、そんなことを言われたらたまったもんじゃない、と私も思う。

育休が充分に取れないまま、無理に働きに出ている母親が多いことも事実だ。

でも、「母親」と一括りにしていてもそれぞれ状況は違う。産後体調がどれくらい戻ったのか、周りにどれくらい助けてくれる人がいるのか、お金に余裕はあるのか、どんな風に生きていきたいと思っているのか。

違う状況の中で、違う選択をすることは当たり前なのに、一緒くたにして「あの人は出来るのに何故貴方は出来ないの」と言うのは、あまりに無理やりな理屈だ。そんな事を言うなら「福山雅治さんは子供がいてもあんなに格好いいのに、あなたはどうしてそんなにくたびれたおっさんみたいなの」と無邪気な顔で夫や上司に聞いても良いということになる。

私と正反対の状況にいても、そんな筋違いな理論に心を傷つけられている母親がどこにでもいる。

働きながら子供を育てる女性は、いつ仕事に復帰すれば良いのだろう。

平均より長く育休を取れば
「待っている社員の負担も考えないで迷惑」

と言われてしまい、平均より短い育休で仕事に復帰すれば
「そんなに早く離れて赤ちゃんが可哀想」

と言われてしまう。

そもそも保育園が足りないので、働きたくても仕事に復帰出来ない女性もたくさんいる。

私は三十年前に出版された『フェミニズム批評』という本の一節を読みながら、この問題の核心が長い年月を経ても、まだなお世間に深く根をはっていることに気が付いた。

「男並みにがんばると『女らしくない』ので『劣等』、女並みにおとなしくしていると『やはり、しょせん女』なので『劣等』、結局、どういう生き方をしても『女の劣等性』から抜け出せない仕組みになっている」

（織田元子『フェミニズム批評』より）

どういう選択をしても正解にはならない仕組みの中で、母親たちは子供を育てていかなければならない。

私は「大丈夫」と言いながら胸に手を当てて、ステージへと上がった。

グレート・ギャッツビー

息子の朝食に、パンと目玉焼きと茹でたにんじんを出した。普段積極的に野菜を食べない息子は、何故か軽く茹でたにんじんだけは、何もつけずにぽりぽりと食べる。大人としては「それはあまり美味しくないのでは？」と思いつつ、喜んで食べるものばかり出していると炭水化物やタンパク質に偏りがちなので、我が家にはいつもちょい足し茹でにんじんが常備されている。

その日は私が朝食の席についてもなかなか食べ始めなかったので、

「早く食べないと、かぶとむしが食べちゃうよ」

と、息子が大切にしているヘラクレスオオカブトのおもちゃの顔を、お皿の上のにんじんへと向けた。三歳になって虫に夢中になっている息子は、ことあるごとに身内や私たちの友人から虫のおもちゃを買ってもらい、その数を着々と増やしている。定番のかぶとむしやくわがたの他にも、ムカデやサソリやクモといった毒を持つ危険な虫も好きで、深瀬くんにはオオスズメバチのおもちゃを買ってもらって大喜びしていた。

実際の虫には本当に危険なものもいるけれど、我が家にいる彼らは一様によく息子のご飯を横どりしようとし、「汚れたからお風呂で洗って」とか「眠いからお布団に連れて行って」としょっちゅう息子に頼んでくる設定になっている。

「むしゃむしゃ、このにんじんは美味しいな。全部たべちゃおうかな」

私がヘラクレスオオカブトになりきっていると、息子が神妙な顔つきで寄ってきて、

「ねえママ、かぶとむしに歯はないよね」

と言った。

「ん？」

「歯がなかったらさ、にんじんは食べられないんじゃない？」

朝の時間、しかも刻一刻と保育園の登園時間が迫っているときに限って、息子は恐ろしく正しい。そんなんええからはよ食べなさいと言いそうになるのを抑え、「ああ、確かにね」と肯いてみると、

「かぶとむしはさ、じゅえきをぺろぺろってするだけだから。歯はないよ」

我が母はそんなこともわからない奴だったかと呆れたかのように目を伏せ、皿の上のにんじんをぽりぽりとかじり出す息子。

散々虫のおもちゃと一緒に風呂に入り、彼らを枕に乗せて一緒に眠っている割に、近頃突然現実を突きつけてくるようになった。

虫取り網と虫かごを持って、息子と一緒に公園へと出かけたときのこと。ちょうど大規模な草刈りをしていたのでそのあたりへ行ってみると、いるわいるわ、ぴょんぴょん跳ねるバッタやコオロギたち。

「うわあ！」

息子は目を輝かせて、同じようにぴょんぴょん跳ねながら虫たちを追いかけ始めた。小さな段差も手をついて降りるので慎重な性格だと思っていたけれど、いつの間にか小さな赤ちゃんバッタから大きなトノサマバッタまで、素手で次々と捕まえている。その数、十四以上。右を見ても左を見ても緑や茶色の虫が飛んでいるので、息子に感情移入している私もハイになっていた。

「さすが保育園で虫博士と呼ばれてるだけあるね〜！　あ、ここにも何かいたよ！」

大きな声で言って私がアスファルトをそそくさと横切る黒い虫を指差すと、

「これは……ハンミョウかもしれない」

と息子の表情が変わった。真剣な眼差しとその言い方は、いっぱしの昆虫研究家に見える。私もそのノリに合わせて表情と声色を作った。

「じゃあ捕まえてみるか？」

「いや、ちょっと待ってくれ！」

百均で買った黄色い網を差し出そうとしたら、息子の手が制止に入る。

「ハンミョウはにくしょくだから、同じ虫かごにいれたらバッタをたべちゃうかもしれないぞ！」

「え、そうなのか？」

「そうだ。にくしょくの昆虫はほかの虫を同じ箱にいれたら、動いたときにえいってこうげきしちゃうからだめなんだ。しかたない、ハンミョウはにがそう！」

もうそんなことを知っていたのかと驚いたけれど、ハンミョウを見送る息子の背中はたくましかった。一方で息子の言っていることが妙に気になり、私は考え込むのだった。

息子とは、ナナホシテントウをよく捕まえる。

いつも草が生えている場所で見つけるので、何となく草でも食べているのかと思って図鑑を見てみたら、肉食だった。しかもアブラムシを一日に百匹近くも食べるらしい。

「体に止まったら幸せになれる」とか、「好きな人のいる方向がわかる」とか、幸福にまつわる言い伝えの多いナナホシテントウだけれど、無抵抗のアブラムシを次から次へと食べる姿は結構えぐい。人間にも、

「まさかこんな可愛らしい女の人があんなことを！」

と周囲を驚かせる人がいるけれど、ナナホシテントウもきっとその類だろう。

ナナホシテントウがむしゃむしゃとアブラムシを食べていると、そこへアリがやって

くる。アリはアブラムシを横取りしにきた訳でも、ナナホシテントウを捕食しにきた訳でもない。なんと、

「うちのアブラムシちゃんに何してくれてんねん!」

と、ナナホシテントウを追い払いにきたのだ。どうやらアリはナナホシテントウを追い払う代わりに、アブラムシのお尻から出る甘い汁を貰っているらしい。本来肉食でもあるアリだけれど、甘い蜜をくれるアブラムシのことは食べないのだそう。

蜜を渡して自分を守ってもらうなんて、アリとアブラムシの関係はまるで用心棒と雇い主のように見える。

ナナホシテントウはアリがくると恐れ慄《おのの》いて一目散に逃げる。アブラムシはアリに甘い蜜をあげる。アリは満足して帰り、またナナホシテントウがやってくる……。

昆虫の世界を覗いていると、人間の世界にも似ているな、と思ってしまった。

弱い昆虫と強い昆虫が同じ草むらで生きていることと同じように、人間も収入や地位、発言力などの大きな差がありながら、同じ世界で生きている。

「かわいいねえ」

指先にナナホシテントウを乗せる息子は、将来アリの立場になるかもしれないし、アブラムシの立場になるかもしれない。ハンミョウかもしれないし、バッタかもしれない。昆虫たちが平等な力関係ではないように、人間もやはり平等ではない。

同じ場所で生活しているとまるで皆平等のように感じてしまうこともあるけれど、昆虫と同じように、多くの不平等な条件の中で人間も暮らしているのが現実だ。

分かってはいるはずなのに、私はそんなことを時々忘れてしまう。

自分や相手の立場が弱い草食昆虫なのか強い肉食昆虫なのかも考えず、置かれている状況をただ努力だけで成り立っていると考えてしまい、誰かを羨んだり批判してしまったりすることがある。

私は虫かごを眺めながら、ある本の有名な冒頭の一節を思い出していた。

「僕がまだ年若く、心に傷を負いやすかったころ、父親がひとつ忠告を与えてくれた。その言葉について僕は、ことあるごとに考えをめぐらせてきた。

『誰かのことを批判したくなったときには、こう考えるようにするんだよ』と父は言った。『世間のすべての人が、お前のように恵まれた条件を与えられたわけではないのだと』

父はそれ以上の細かい説明をしてくれなかったけれど、僕と父のあいだにはいつも、多くを語らずとも何につけ人並み以上にわかりあえるところがあった。だから、そこにはきっと見かけよりずっと深い意味が込められているのだろうという察しはついた」

（フィッツジェラルド　訳=村上春樹『グレート・ギャツビー』より）

私は必要以上に多くを語ってしまうかもしれないけれど、いつか息子とそんな話をしてみたい。

夏の夜

レコーディングスタジオは、冷蔵庫の中のようにひんやりとしている。

録音機材が熱を持つので冷やさなくてはいけないのだ。慣れているスタジオエンジニアはいつも薄い長袖を着ている。私もカーディガンを羽織っているけれど、それでも朝から晩まで作業をしていると、次第に身体が冷えてくる。

「さおりちゃん、コンビニに行かない？」

ソファで丸まっていた私の隣で、深瀬が立ち上がった。防音ガラスの向こうではエンジニアがギターアンプの前にマイクをセッティングして音量を確かめている。数十分同じ姿勢で待っていたが、まだ始まりそうにない。

「いいよ。ちょっと寒かったし、散歩でもしたいな」

私は帽子をかぶり、携帯をポケットに入れて立ち上がった。

スタジオの重い防音扉に手をかけると、パシュッという音がして密閉されていた空気が一気に解放される。すうっと新しい空気を吸っただけで、固まっていた血が身体中を巡っていくのを感じた。

私たちは都内にある七つほどのレコーディングスタジオを転々としながら新曲を録音している。スタジオの多くは地下にあり、広いところも狭いところも贅沢なところもアットホームなところもあるが、どこにいても窓のない空間というのは閉塞的だ。

地下、録音機材、楽器、エンジニア、ミュージシャン。

美しいハーモニーを奏でているはずのその組み合わせが作り出す空気は、決して澄んでいるとは言えない。待合室でロボットのようにパソコンのキーをタイプし続けるスタッフや、地底人のようなエンジニアが廊下でぷかぷかと煙草の煙を吐いているのもよく見かける。

「もう夜の八時なのに、まだ外はこんなに暑いんだね」

私はカーディガンを脱いでリュックにしまった。二〇一八年の夏は災害レベルの酷暑だとアナウンサーが神妙な顔で言っているのをテレビで見たけれど、長い時間地下にいると、そんなことが現実に起きていることを忘れてしまう。

「きっとこの制作が終わったら涼しくなっているんだろうね」

影絵のように見える住宅地の中で深瀬が言った。私たちはこの夏を、アルバム制作の為にスタジオで過ごしている。

正直なところ、私は楽曲制作をしていると息苦しくなることがある。

深瀬となかじんの二人は
「制作はミュージシャン活動の中で一番楽しい」

と言うが、私は心からそう思うことが出来ない。

深瀬がもっと無機質な感じにしたいんだよねと言えば、なかじんがヴィンテージのリズムマシンでドラムを打ち込み、深瀬がもっとノスタルジックな感じにしたいんだよと言えば、なかじんがクリーンなギターをフルボリュームにして歪ませた音を録音する。

深瀬がアイディアを出し、なかじんが形にする。その完璧なフォーメーションを前にすると、私はその場で浅い呼吸を繰り返すだけになってしまうのだ。

「スタジオにいると何も出来ずに二人の背中ばかり見ている気がして、苦しくなることがあるよ。ああ、自分は必要ないかもしれないって。深瀬くんみたいに何でも早く出来たら良いんだけど、私って何をするにも時間がかかるから……一曲作るだけで何十日もかかるし、小説なんて五年もかかったし」

商店街の明かりの中を歩きながら私は言った。焼き鳥屋から出ている煙の匂いが、あつあつの食事を思い出させる。スタジオで食べる食事はいつもプラスチックのお皿に乗っていて、生ぬるい。

「本当、さおりちゃんって真面目だよね」

深瀬は茶化すように笑ったが

「でも俺だって書くのが早いだけで、考えてる時間は長いんだよ」

人差し指でトントンと頭を叩きながら答えた。彼は作詞でも作曲でも、書き始めてから数時間で完成させてしまうことが多い。

机にも向かわず、部屋にも籠《こも》らず、ふらふらと散歩でもしながらスピーディに楽曲を作り上げる姿を見ていると、彼がただ自由気ままに歌を作っているように見えることがある。

でもその反面、みんなで遊んでいる時にも真剣な表情を見せて黙り込み、何かを携帯に打ち込み始めることもある。

こんな時にまで音楽のことを考えているのかと面食らった情景をいくつも思い出して
「そうなんだよねえ……」

私は頷いた。

商店街にある薬局の前で、制服を着た男性が大売り出しのトイレットペーパーを片付けていた。その前を通ると、荷台に子供を乗せた母親が急いだ様子で店内へと入っていく。

深瀬とは違ったやりかたで音楽のことをいつも考えているのは、なかじんも同じだ。

彼の場合は分かりやすく、どんな時でもパソコンを開いて音楽ソフトを立ち上げている。

新幹線では大きなヘッドフォンをパソコンに繋ぎ、飛行機ではベルト着用サインが消えた直後にテーブルにパソコンを載せ、ライブ直前まで控え室で画面に向かっている。私の三十二歳の誕生日を祝ってくれた後にも、なかじんは新しい楽曲のアレンジを送ってくれた。

「ちょっと新しいことをやってみたよ、聞いてみて！」

音源と共にそんなメッセージが届いていたのは、朝の五時。

そんなにやって、嫌になったりしないの。私が聞くと、なかじんはいつも決まって、楽しいよ、と答える。勿論大変なこともあるけど、曲が出来ていくのは楽しいよ、と。いくら楽しくても、シャンパンを飲んでケーキを食べて日付が変わった後にまたパソコンに向き合うなんて、私には考えられない。

「私だって二人みたいに出来たらいいって思うけど……」

そう呟いて、小さくため息をつく。

彼らと肩を並べていたいけれど、彼らと同じようには頑張れない。自分には無理だと諦めてしまえば楽なのに、二人の後ろ姿を見ていると息が苦しくなってしまう。役に立ちたい、でも立てない。

そんなことばかり繰り返しているうちに、夏がどんどん過ぎていく。

コンビニの灯りがアスファルトを照らしていた。店内に入ると、蛍光灯の明るさが目に痛かった。

「俺も楽曲制作が大変だと思うことはあるよ。でも大変っていうのを苦しいって意味だと思ってるなら、さおりちゃんはいつまでも息苦しいままなんじゃないかな」

深瀬がポップコーンを手にとりながら言った。店内は閑散としていて、ビニール袋を触る音がぱりぱりと大きな音で鳴った。

私は深瀬の言ったことがすぐには理解出来ずに、レジに並ぶ彼の後ろ姿を見つめていた。

「ポップコーンいただきまーす」

スタジオに戻ると、封を開けたポップコーンにラブが手を伸ばした。彼は楽器を弾かないので、スタジオでは漫画を読んだりネットニュースを見たりしている。

スタジオ作業の合間に時折中国語のレッスンを受けては

「ふう……」

とため息をついているが、自ら予習復習をしている所は見た事がない。あまりに物案じしない姿はまるで動物のようだとも思う。

ラブがもしゃもしゃとポップコーンを食べる姿を眺めながら、私は深瀬に言われたことを考えていた。

大変っていうのを苦しいって意味だと思ってるなら。

確かに私の胸の中では、無意識のうちに「大変」と「苦しい」の境界線はほとんどなくなっていたような気がする。

薬指を動かそうとすると他の指まで動いてしまうように、大変だと思えばそれは苦しいと同じことだと、気づかないうちに混同していたのかもしれない。

目の前でもぐもぐと口を動かしているラブの仕事だって、本当はとても大変だ。レコーディング中は能天気にも見えるけれど、炎天下、マスクをつけて何時間もライブをするなんて、私だったら悲鳴をあげてしまうのに、彼はいつでも陽気に仕事をこなしてきた。

彼が大変なことを、むしろ楽しみながらやってきた事に今更気づいて、頬を膨らませながらポップコーンを食べている姿に少しだけ羨望の眼差しを向ける。

そうか、大変なことを苦しまずにやることも出来るのか……。

頬杖をついて、私は三人の姿を見渡した。今までそんなことを考えたことはなかったけれど、彼らにとっては当たり前のことだったのだろうか。

ポップコーンを口の中にいれると、濃厚なバターの味がとろりと舌の上で溶けて喉の奥へと滑っていった。

夜の十一時に差し掛かった頃、私たちは録音した音源を聞いた。

ソファにもたれかかって聞くと音が沈み込んでバランスが悪くなるので、出来るだけ姿勢を正して耳を傾ける。聞いていてざわざわと胸騒ぎのするうちは、まだやるべきことが残っている印だ。

「また明日やろうか」

一旦天井を見てから、深瀬がソファから立ち上がった。

なかじんがパソコンから様々なケーブルを抜いて、丁寧にリュックにしまっていく。誰よりも大きな荷物を持っているラブは、ｉＰａｄの画面を閉じる。荷物の中には大きな一眼レフやベイブレードのケースなどが覗いている。

アルバムが完成したら、夏は終わっているかもしれない。ほとんどの時間を室内で過ごした二〇一八年の夏を、私はどんな風に記憶していくのだろう。

この胸の中にある「大変」を、「楽しかったよね」という言葉に変換出来るほど頑張ることが出来たら、この息苦しさから解放されるのだろうか。

それともこの胸の中にある「大変」を、「苦しい」という言葉と間違わずにいられる自分になれたら、この息苦しさから解放されるのだろうか。

「また明日やろう」

私は再びスタジオの扉を開けて、静かに息を吸った。

ひとりの時間

私は原宿駅を出て、竹下通りをまっすぐ歩いていった。

駅の入り口付近にはピンクの長い髪を二つ結びにしている少女や、キャラクターの描かれた鞄を大事そうに抱える外国人たちが街の一部のように振舞っている。制服を着た修学旅行生が輪になっている横を抜けて、頭上に流れている音楽に耳をそばだてた。人工で噴射される霧のように、スピーカーの近くではシャカシャカと絶え間なく音楽が鳴っている。

頭上を仰ぎ見ている私の隣を、手を繋いだカップルが通り過ぎていった。ダイソーのピンク色の看板の前では、アイドルの写真を持った小学生が熱心に母親に何か説明している。

私はなるべく意識しないように、スマートフォンで音楽を再生した。イヤフォンの中でイントロが鳴ると、徐々に脈が速くなる。冷静に、出来るだけゆっくりと呼吸をしながら、頭の中にある歯車を回して考え始める。

頭上から突然この曲が降ってきたら、ダイソーの前にいた母親は子供を制止して耳をすますだろうか。入り口にいた少女はピンクの髪をくるっと回転させて、音の鳴る方をじっと見つめるだろうか。彼らの表情を眺めながら、ゆっくりと足を進めた。

もし私たちの曲がここで流れたら、今ここにいる人たちはどんな反応をするだろう。あのカップルはいい曲だ、と話題にしてくれるだろうか……あの修学旅行生たちのうちの数人が、携帯をかざして何の曲か調べるだろうか……。

考えながらＬＩＮＥの画面を開いて、メンバーにメッセージを送った。

「やっぱり新曲のイントロは作り直した方がいいと思う。今のバージョンのイントロが街の中で鳴っても、右から左に流れていく気がしたの。誰もハッとしないなって」

私は再生ボタンを止めずに、人混みの速度に身を任せながらメンバーの返事を待った。


新曲を聴くのは、街の中が最適というのが私の持論だ。

人通りの多い道を歩いていると、自分の趣味やエゴイズムを一掃した状態で、一体どのくらいの人が「これは誰の曲だろう？」と思うのか、想像しやすい。

部屋で一人きりで聴いていた時には「格好いいメロディが出来た」と思っても、街へ出かけてみるとそれが自分の独りよがりだったことに気づく。スタジオの中で聴いていた時には「ベースはこの位の音量が格好いい」と思っても、人混みの中で聴くと「これはやり過ぎた」と苦笑いする。

これまでも私は色んな街で再生ボタンを押してきた。渋谷のセンター街や、新宿駅からバルト9へと向かう道。桜の花が落ちて葉をつけ始めた目黒川や、酔っ払いが肩を組んで何か叫んでいる六本木……。

ずっと同じ曲を聴き続けていると曲の良し悪しがわからなくなってしまうこともあるが、街へ行くといつも新鮮な感覚が戻ってくる。例えば何度も味見をして麻痺してしまった舌を、フラットな味覚に戻すように。

それは音楽を作りながら何度も自分の基準が狂って、どうしたら良いのか右往左往した末に得たひとつの方法だった。

文章を書く時にもまた、その方法を頼りにしてきた。

ある日、私は小説を書く為にファミレスに向かった。ドリンクバーとサラダだけを注文して、机にパソコンを広げる。本当はドリンクバーだけでも充分なのだけれど、それだけで長時間居座るのは何となく申し訳ない気がしてサラダも一緒に注文する。

アイスコーヒーを取ってきて幾らか小説を進めていると、斜め向かいに女子高生が座った。学校帰りに寄ったのか、制服姿に大きな荷物を持っている。

彼女はドリンクバーとデザートを頼むと、ノートを取り出してシャープペンを指で回し始めた。作業をしにきたのかもしれないが、シャープペンで何か書きつけている仕草はほとんどないまま、時折ため息をついて、最終的には諦めたように机に突っ伏してスマートフォンを眺めている。

私はパソコンに向かいながら、目の端で彼女の姿を観察し始めた。真っ白なブラウスから伸びた陽に焼けた腕、使い込まれたスポーツバッグ、ディズニーのスマホケース、猫のイラストの入ったブリキのペンケース……。

きっと運動部なのだろう。勉強はあまり得意じゃないのかもしれない。休みの日には仲のいい女友だちと遊びに行くのだろうか……。

彼女の日常を頭に描きながら、私はもう一度パソコンに向き直る。昼過ぎから何度も読み返して書いている文章に、改めて目を通してみる。

朝練、先輩、国語の授業、得意な体育、給食、友だちとおしゃべり、部活、私の小説。彼女の生活に溶け込んでいる私の小説。すると、全く違う視点で見えてくるのだ。

この書き出しでは、彼女は机の上に本を置いたままかもしれない……。

上手くいっていない時に胸がざわざわと騒ぐ感覚は、音楽も文章も同じだ。

一人で閉じこもって制作していると感覚が麻痺していってしまうことを、音楽を作る過程を通じて良く知っている。

だからこそ自分の感覚ではなく、誰がどう思うか想像することで、文章を書くときにもまた「良い」と「悪い」を区別することにしている。

暫くすると彼女は店から出て行ったが、私は自分の言葉と脳内に積み上げた彼女の生活が交差する場所を探しながら、店が閉まる時間まで冒頭の部分を書き直した。

他人の感覚を想像することを、芸術ではないと思う人もいるかもしれない。誰がどう思うかなんて気にせず、自分のことを信じて書けば良いと思うかもしれない。けれど、私は自分の感覚だけで何かを作りたいとは思わないのだ。もっと言えば、自分の為だけに何かを作りたいとは思っていない。

私にとっての「良い」とは、誰かにとっての「良い」だ。

私にとっての「悪い」とは、誰にも届かないことだ。

誰かに喜んで貰えたら嬉しい。誰かが驚いてくれたら楽しい。誰かの救われたという言葉を聞いてみたい。

だから私は作品の向こう側にいる人たちのことをいつも想う。

作ってきたものたちが届くことを願って。

あとがき

デビューをしてから私は何をやっても中途半端だ、と落ち込むことが増えた。世の中には即興でお洒落なフレーズを弾けるピアニストや、ため息をつく程うっとりするメロディを紡げる作曲家、言葉の常識を覆すセンスを持つ作詞家がごろごろいて、その上に彼らは綺麗な声であるとか見た目が格好良いとか話が上手いとかそういうものまで持ち合わせていて、デビューをしてからそんな人たちと出会う機会が増え、仕事をする機会が増え、感嘆する回数が増え、そして増えた分だけ自己評価が下がっていった。井の中の蛙大海を知らず。では大海を知った蛙はどうなるのか。さおり蛙、とにかく打ちのめされる日々の巻。

音楽だけやっていてもこれだけ打ちのめされるのに、文章なんて書き始めたらどうなってしまうのだろう。落ち着いて自分の性格を考えれば簡単に分かるはずなのに「『文學界』で月に一回読書に纏わるエッセイを書いてみませんか」

そう言われて嬉しくて舞い上がってしまった日のことをよく覚えている。なんて楽しそうなの、なんて心が躍るの！　私、読書についてなんて幾らでも書きたいことがあるわ！

付き合ったばかりの恋人を眺めるように本棚を見て、ありったけの愛を言葉にしたラブレターのように好きな作品について書けることを夢見たあの日の私に教えてあげたい。書きたいことがあるのと、書けることは違うよ、と。

当初二、三時間で書けるものなのかと思っていたこのエッセイは、その十倍の時間を要することになった。三行書いては二行消し、前の晩に仕上げたものを読んでは自分に幻滅し、滅多にない休みの日はどんどん消えていった。そんなに時間がかかってしまう事が異常な気がして、恥ずかしくて誰にも相談出来なかった。歌詞が書けたから小説が書ける訳ではないし、小説が書けたからと言ってエッセイが書ける訳でもなかった。

全部違って、全部難しい。それが本当によく分かった一年半の連載だった。

私は何をやっても中途半端だ。そう思うからこそ、努力をする事に怯えなくていいということが分かったのもこの一年半の間だった。才能のある人が一時間で出来ることを自分は十時間かかっても出来ないのなら、百時間かけてもいい。失敗しながら幾らでも頑張っていい。だって自分は天才ではないのだから。そう思うことが、自分なりの進み方なのだということがよく分かった。

どこにも話していない妊娠や出産のことを書けたことは嬉しかった。炎上した日のモヤモヤとした気持ちや、両親や夫のこと、その時に考えていることを書いて、書く事で自分を知った期間でもあった。

この機会を与えて下さった文學界編集長の武藤旬さん、担当の桒名ひとみさん、すぐ自信を失うさおり蛙を「大丈夫、ちゃんと面白い」と宥めて下さった編集者の篠原一朗君、そしてこの本を手にとって下さった一人ひとりに、この場を借りてお礼を言いたいです。

二〇一八年十一月九日　藤崎彩織

初出及び、この本で紹介された作品について

本について——まえがきに代えて　単行本書き下ろし
犬の散歩　「文學界」二〇一七年十月号　森絵都『風に舞いあがるビニールシート』（文春文庫）より
皮膚と心　「文學界」二〇一七年七月号　太宰治『きりぎりす』（新潮文庫）より
もし僕らのことばがウィスキーであったなら　「文學界」二〇一七年四月号　村上春樹『もし僕らのことばがウィスキーであったなら』（新潮文庫）より
パレード　「文學界」二〇一七年六月号　吉田修一『パレード』（幻冬舎文庫）より
羊と鋼の森　「文學界」二〇一七年五月号　宮下奈都『羊と鋼の森』（文春文庫）より
コンビニ人間　「文學界」二〇一七年十一月号　村田沙耶香『コンビニ人間』（文春文庫）より
妊娠カレンダー　「文學界」二〇一七年十二月号　小川洋子『妊娠カレンダー』（文春文庫）より
火花　「文學界」二〇一八年一月号　又吉直樹『火花』（文春文庫）より
ぼくは勉強ができない　「文學界」二〇一八年二月号　山田詠美『ぼくは勉強ができない』（新潮文庫）より
サラバ！　「文學界」二〇一八年三月号　西加奈子『サラバ！』（小学館文庫）より
花虫　「文學界」二〇一八年四月号　彩瀬まる『くちなし』（文春文庫）より
武道館　「文學界」二〇一八年五月号　朝井リョウ『武道館』（文春文庫）より
詩羽《しいは》のいる街　「文學界」二〇一八年六月号　山本弘『詩羽のいる街』（角川文庫）より
悪童日記　「文學界」二〇一八年七月号　アゴタ・クリストフ／堀茂樹訳『悪童日記』（ハヤカワepi文庫）より
空っぽの瓶《ボトル》　「文學界」二〇一八年八月号　多和田葉子／松永美穂訳『空っぽの瓶《ボトル》』（筑摩書房／早稲田文学増刊　女性号）より
フェミニズム批評　「文學界」二〇一八年九月号　織田元子『フェミニズム批評　理論化をめざして』（勁草書房）より
グレート・ギャツビー　文庫書き下ろし　フィッツジェラルド／村上春樹訳『グレート・ギャツビー』（中央公論新社）より
夏の夜　単行本書き下ろし
ひとりの時間　単行本書き下ろし

JASRAC 出 2109546-101

単行本　二〇一八年十二月　文藝春秋刊

文春文庫

読《どく》書《しよ》間《かん》奏《そう》文《ぶん》

定価はカバーに
表示してあります

2022年1月10日　第1刷

著　者　藤《ふじ》崎《さき》彩《さ》織《おり》
発行者　花田朋子
発行所　株式会社　文藝春秋

東京都千代田区紀尾井町 3-23　〒102-8008
TEL　03・3265・1211(代)
文藝春秋ホームページ　http://www.bunshun.co.jp
落丁、乱丁本は、お手数ですが小社製作部宛お送り下さい。送料小社負担でお取替致します。

印刷製本・大日本印刷

Printed in Japan
ISBN978-4-16-791816-3

（　）内は解説者。品切の節はご容赦下さい。

藤崎彩織
ふたご
彼はわたしの人生の破壊者であり、創造者だった。異彩の少年に導かれた孤独な少女。その苦悩の先に見つけた確かな光とは。第158回直木賞候補となった、鮮烈なデビュー小説。（宮下奈都）
ふ-46-1

丸谷才一
樹影譚
自分でもわからぬ樹木の影への不思議な愛着。現実と幻想の交錯を描く、川端康成文学賞受賞作。これぞ、短篇小説の快楽！「鈍感な青年」「樹影譚」「夢を買ひます」収録。（三浦雅士）
ま-2-9

丸谷才一
女ざかり
大新聞社の女性論説委員・南弓子。書いたコラムが思わぬ波紋をよび、政府から左遷の圧力がかかった。家族、恋人、友人を総動員して反撃開始、はたしてその首尾は？（瀬戸川猛資）
ま-2-12

町田　康
くっすん大黒
すべては大黒を捨てようとしたことから始まった——爆裂する言葉、堕落の美学。日本文学史に新世紀を切り拓き、熱狂的支持を得た衝撃のデビュー作。「河原のアパラ」併録。（三浦雅士）
ま-15-1

町田　康
きれぎれ
俺は浪費家で酒乱、ランパブ通いが趣味の絵描き。下手な絵で認められ成功している厭味な幼友達の美人妻に恋慕し、策謀を練ったが……。「人生の聖」併録。芥川賞受賞作。（池澤夏樹）
ま-15-3

松浦理英子
最愛の子ども
それぞれのかかえる孤独ゆえに、家族のように親密な三人の女子高校生。手探りの三人の関係は、しだいにゆらぎ、変容してゆく。泉鏡花文学賞受賞の傑作。（村田沙耶香）
ま-20-2

丸山正樹
漂う子
行方不明の少女・紗智を探すことになった二村直は「居所不明児童」という社会の闇、子供を取り巻く過酷な現状を知る。親になるとはどういうことか、を問う問題作。（大塚真祐子）
ま-34-2

芥川龍之介

羅生門《らしょうもん》 蜘蛛《くも》の糸《いと》 杜子春《とししゅん》 外十八篇

昭和、平成とあまたの作家が登場したが、この天才を越えた者がいただろうか？　近代知性の極に荒廃を見た作家の、光芒を放つ珠玉集。日本人の心の遺産「現代日本文学館」その二。

あ-29-1

浅田次郎 編

見上げれば星は天に満ちて

心に残る物語――日本文学秀作選

鷗外、谷崎、八雲、井上靖、梅崎春生、山本周五郎……。物語はあらゆる日常の苦しみを忘れさせるほど、面白くなければならないという浅田次郎氏が厳選した十三篇。輝く物語をお届けする。

あ-39-5

浅田次郎

月島慕情

過去を抱えた女が真実を知って選んだ道は。表題作の他、ワンマン社長と靴磨きの老人の生き様を描いた「シューシャインボーイ」など、市井に生きる人々の矜持を描く全七篇。（桜庭一樹）

あ-39-9

浅田次郎

沙高樓綺譚

伝統を受け継ぐ名家、不動産王、世界的な映画監督。巨万の富と名誉を持つ者たちが今宵も集い、胸に秘めてきた驚愕の経験を語りあう。浅田次郎の本領発揮！　超贅沢な短編集。（百田尚樹）

あ-39-10

有川　浩

三匹のおっさん

還暦くらいでジジイの箱に蹴りこまれてたまるか！　武闘派2名と頭脳派1名のかつての悪ガキが自警団を結成、ご近所に潜む悪を斬る！　痛快活劇シリーズ始動！（児玉　清・中江有里）

あ-60-1

朝井リョウ

武道館

【正しい選択】なんて、この世にない。「武道館ライブ」という合言葉のもとに活動する少女たちが最終的に〝自分の頭で〟選んだ道とは――。大きな夢に向かう姿を描く。（つんく♂）

あ-68-2

朝井リョウ

ままならないから私とあなた

平凡だが心優しい雪子の友人、薫は天才少女と呼ばれる。成長に従い、二人の価値観は次第に離れていき、決定的な対立が訪れるが……。一章分加筆の表題作ほか一篇収録。（小出祐介）

あ-68-3

（　）内は解説者。品切の節はご容赦下さい。

彩瀬まる
くちなし
別れた男の片腕と暮らす女。運命で結ばれた恋人同士に見える花。幻想的な世界がリアルに浮かび上がる繊細で鮮烈な短篇集。直木賞候補作・第五回高校生直木賞受賞作。（千早　茜）
あ-82-1

朝比奈あすか
人間タワー
毎年6年生が挑んできた運動会の花形「人間タワー」。その是非をめぐり、教師・児童・親が繰り広げるノンストップ群像劇。無数の思惑が交錯し、胸を打つ結末が訪れる！（宮崎吾朗）
あ-84-1

五木寛之
蒼ざめた馬を見よ
ソ連の作家が書いた体制批判の小説を巡る恐るべき陰謀。直木賞受賞の表題作を初め、「赤い広場の女」「バルカンの星の下に」「夜の斧」など初期の傑作全五篇を収録した短篇集。（山内亮史）
い-1-33

井上　靖
おろしや国酔夢譚
船が難破し、アリューシャン列島に漂着した光太夫ら。厳寒のシベリアを渡り、ロシア皇帝に謁見、十年の月日の後に帰国できたのは、ただのふたりだけ。映画化された傑作。（江藤　淳）
い-2-31

井上ひさし
四十一番の少年
辛い境遇から這い上がろうと焦る少年が恐ろしい事件を招く表題作ほか、養護施設で暮らす子供の切ない夢と残酷な現実が胸に迫る珠玉の三篇。自伝的名作。（百目鬼恭三郎・長部日出雄）
い-3-30

色川武大
怪しい来客簿
日常生活の狭間にかいま見る妖しの世界――独自の感性と性癖、幻想が醸しだす類いなき宇宙を清冽な文体で描きだした、泉鏡花文学賞受賞の世評高き連作短篇集。（長部日出雄）
い-9-4

色川武大
離婚
納得ずくで離婚したのに、なぜか元女房のアパートに住み着いてしまって。男と女の不思議な愛と倦怠の世界を、味わい深い筆致とほろ苦いユーモアで描く第79回直木賞受賞作。（尾崎秀樹）
い-9-7

内田春菊
ファザーファッカー
十五歳のとき、私は娼婦だったのだ。売春宿のおかみは私の実母で、ただ一人の客は私の育ての父……養父との関係に苦しむ少女の怒りと哀しみと性を淡々と綴る自伝的小説。（斎藤　学）
う-6-16

内田英治
ミッドナイトスワン
トランスジェンダーの凪沙は、育児放棄にあっていた少女・一果を預かることになる。孤独に生きてきた凪沙に、次第に母性が芽生えていく。切なくも美しい現代の愛を描く、奇跡の物語。
う-37-1

江國香織
赤い長靴
二人なのに一人ぼっち。江國マジックが描き尽くす結婚という不思議な風景。何かが起こる予感をはらみつつ、怖いほど美しい十四の物語が展開する。絶品の連作短篇小説集。（青木淳悟）
え-10-1

江國香織・小川洋子・川上弘美・桐野夏生
小池真理子・髙樹のぶ子・髙村　薫・林　真理子
甘い罠　8つの短篇小説集
江國香織、小川洋子、川上弘美、桐野夏生、小池真理子、髙樹のぶ子、髙村薫、林真理子という当代一の作家たちの逸品だけを収めたアンソロジー。とてつもなく甘美で、けっこう怖い。
え-10-2

円城　塔
プロローグ
わたしは次第に存在していく——語り手と登場人物が話し合い、名前が決められ世界が作られ、プログラムに沿って物語が始まる。知的なたくらみに満ちた著者初の「私小説」。（佐々木　敦）
え-12-2

小川洋子
妊娠カレンダー
姉が出産する病院は、神秘的な器具に満ちた不思議の国……妊娠をきっかけにゆらぐ現実を描く芥川賞受賞作。「妊娠カレンダー」「ドミトリイ」「夕暮れの給食室と雨のプール」。（松村栄子）
お-17-1

小川洋子
やさしい訴え
夫から逃れ、山あいの別荘に隠れ住む「わたし」とチェンバロ作りの男、その女弟子。心地よく、ときに残酷な三人の物語の行き着く先は？　揺らぐ心を描いた傑作小説。（青柳いづみこ）
お-17-2